怪盗二十面相

〔日〕江户川乱步　著
叶荣鼎　译

山东画报出版社

图书在版编目（CIP）数据

怪盗二十面相 /（日）江户川乱步著；叶荣鼎译. --济南：山东画报出版社，2021.4
（江户川乱步全集·少年侦探团系列）
ISBN 978-7-5474-3834-3

Ⅰ.①怪… Ⅱ.①江… ②叶… Ⅲ.①儿童小说－侦探小说－日本－现代 Ⅳ.①I313.84

中国版本图书馆CIP数据核字（2021）第040601号

GUAIDAO ERSHIMIANXIANG
怪盗二十面相
〔日〕江户川乱步 著　叶荣鼎 译

责任编辑　怀志霄
装帧设计　Pallaksch

出 版 人　李文波
主管单位　山东出版传媒股份有限公司
出版发行　山东画报出版社
社　址　济南市市中区英雄山路189号B座　邮编 250002
电　话　总编室（0531）82098472
市场部（0531）82098479　82098476（传真）
网　址　http://www.hbcbs.com.cn
电子信箱　hbcb@sdpress.com.cn
印　刷　山东新华印务有限公司
规　格　787毫米×1092毫米　1/32
7.5印张　110千字
版　次　2021年4月第1版
印　次　2021年4月第1次印刷
书　号　ISBN 978-7-5474-3834-3
定　价　38.00元

译者序

红极一时的日本动漫《名侦探柯南》的作者漫画家青山刚昌，孩提时代曾是江户川乱步的超级追星族，他笔下的主人公江户川柯南的姓就取自日本推理文学鼻祖江户川乱步，名则取自英国的柯南·道尔。

日本作家历来都有用笔名的传统，江户川乱步本名平井太郎，早年就读于早稻田大学经济学专业，江户川就在早稻田大学旁边。巧合的是，“江户川”的日式英语发音“edogawa（爱多嘎娃）”，与“Edgar a-（埃德加·爱）”的发音极其相似；

“乱步”的日式英语发音“ranpo（兰波）”，与“llan Poe（伦·坡）”的发音又十分相近，故而决定以“江户川乱步”为笔名。从此，这个名字陪他度过了四十年推理文学创作生涯，也成为日本推理文学史上不可逾越的高峰。

1923年，乱步在《新青年》杂志上发表处女作《二钱铜币》，引发轰动。当时的编者按这样写道："我们经常这样说，《新青年》杂志上总有一天将刊登本国作者创作的侦探小说，并且远远高于欧美侦探小说的创作水平。今天，我们终于盼来了这一兴奋时刻。《二钱铜币》果然不负众望，博采外国作品之长，水平遥遥领先于外国名作。我们深信，广大读者看了这篇小说后一定会深以为然，拍案叫绝。作者是谁？是首位登上日本侦探文坛的江户川乱步。”

1925年，乱步发表小说《D坂杀人事件》，成功塑造了日本推理文学史上的第一位名侦探——明智小五郎。其后，他又陆续创作了《怪盗二十面相》《少年侦探团》等脍炙人口的作品，其中的“怪盗二十面相”“少年侦探团”等角色已经突破了类型文学的束缚，成为世界文学史上的典型形象，先后多次被搬上各种舞台，改编成各种各样的影视、动漫作品。

第二次世界大战爆发后，江户川乱步因作品被禁止出版，投笔抗议，公开发表《作者的话》：“我撰写的小说主要是把侦探、推理、探险、幻想和魔术结合在一起，让读者富有想象力和创造力。人类必须怀有伟大的梦想，经过不断的努力，才会创造出伟大的时代。没有梦想，没有幻想，就没有科学。历史已经证明，科学的进步多取决于天才的幻想和不懈努力。科学进步了，人民才会过上好日子。可是今天的战争，毁掉了科学，毁掉了人民的梦想，日本人民将会被一个不剩地当作炮灰，却还是避免不了失败的结局。”

1947年，日本侦探作家俱乐部成立，乱步被推举为主席。俱乐部在1963年改组为日本推理作家协会，至今仍是日本最权威的推理作家机构。1954年，乱步在六十大寿之际，个人出资100万日元，设立“江户川乱步奖”，用以激励年轻作家。在之后的半个多世纪里，以东野圭吾为代表的一大批优秀的日本推理文学作家通过这个奖项脱颖而出，他们的成绩也使得“江户川乱步奖”成为日本推理文坛最权威的大奖。

1961年，为表彰乱步在推理文学界的杰出贡献，日本政府为其颁发“紫绶褒勋章”（授予学术、艺术、运动领域中贡献卓著的人）。1965年，乱步突发脑出血去世，获赠正五位勋三等瑞宝章。为纪念乱步，名张市建有“江户川乱步纪念碑”与“江户川乱步纪念馆”，丰岛区设有“江户川乱步文学馆”，供日本与世界的爱好者与学者瞻仰和研究。

《江户川乱步全集》作为乱步作品之集大成者，先后出版了多个版本，加印数十次，总印数超过一亿册，迄今已有英、法、德、俄、中五大语种版本问世。衷心希望诸位读者能够通过这一版的中文译本，回望日本推理文学的滥觞，领略一代文学大家的风采。

是为序。

2021年元旦于上海虹桥东华美寓所

目　录

楔　子

最近，东京的大街小巷气氛异常紧张，加之新闻媒体竞相炒作，一时间，“二十面相”成了人们茶余饭后的热门话题。

传说“二十面相”是某个大盗的绰号，那位神秘人物犹如魔术师，可以变幻二十个长相不同、特征各异的脸谱。变装后的大盗，即便近在眼前，也无从辨认。

二十面相有时是满脸皱纹的老头，有时是生龙活虎的青年，有时是财大气粗的巨富，有时是衣衫褴褛的乞丐，有时是风度翩翩的学者，有时是厚颜无耻的无赖，有时甚至是亭亭玉立的少女……据说其实际年龄和真实长相谁都没有见过。二十张面孔，究竟哪一个是原形，谁都说不清楚。恐怕连他自己也早已忘记了自己的真面目。这个奇特的盗贼，总是以不同的相貌和衣着现身各种场合。

由于他具有魔术师一般的天才，总是弄得警方晕头转向，无从下手。究竟以哪一张脸为搜查对象，专案组的警官们也难下定论。

警方目前掌握的唯一线索，就是二十面相只偷宝石、书画之类的昂贵珍玩，从不偷现金，也从不杀人。迄今为止，其所有作案现场尚未发生过一起流血或现金被窃事件。据说他最讨厌、最不愿意看到的，就是流血。

虽说他不曾杀人，可毕竟是一个大盗。市民们每天提心吊胆，千方百计避而远之，可又不知二十面相到底长得什么模样，更不知大祸究竟何时会降临到自己的头上。尤其那些腰缠万贯的富豪，更是如坐针毡，心急如焚。无论怎么请警方层层设卡，家中价值连城的宝物，照样一个个被二十面相神不知鬼不觉地“拜领”，根本是防不胜防。

二十面相有个怪癖，一旦确定目标，必定事先书面“预告”，还会详细告知何时登门。他这样做，也许是为了显示自己高超的手段吧——不管防备如何周密，我都能够如愿以偿。总之，不得不承认，这是一个胆大妄为又本领高强的怪盗。

铁　夹

在麻布的某住宅区，有一座占地数百平方米的豪华宅院。四周围绕着四米高的混凝土围墙。气派的大铁门两侧栽种着高耸挺拔的凤尾松，茂密的树叶由两边向中间延伸，烘托着玄关的雄伟。

院中的和式建筑和贴满黄色外墙面砖的西式二层建筑形成一个直角，其后是一个公园似的阔大庭院，风景优美，绿树林立。

这里是东京实业界的大人物——羽柴壮太郎的宅邸。

近来，羽柴家喜忧参半。

喜的是，十年前到南洋婆罗洲闯荡的长子羽柴壮一，为了当面向父亲赔罪，即将返回日本。

壮一天生就是一个冒险家。临近高中毕业，他提出与另一名同学远渡太平洋到南洋某岛开辟新天地，干一番伟大的事业，可父亲壮太郎说什么也不同意。终于，倔强的壮一不辞而别，与同学搭乘小机帆船南下。

在这漫长的十年间，壮一没有写过一封家信，仿佛石沉大海杳无音信。忽然，三个月前的某一天，婆罗洲的一艘机帆船捎来壮一的亲笔信，说自己吃苦耐劳，终于事业有成，决定回家向父亲谢罪。

信上说，壮一在婆罗洲经营一大片橡胶园，随信还有一张橡胶园的照片和一张壮一的近照。转眼间，壮一已至而立之年，身材魁梧，英俊潇洒。

接到这封信后，爸爸、妈妈、妹妹早苗和上小学的弟弟壮二都很高兴。信上说，壮一先坐船到下关，再坐飞机到东京的成田空港。一家人望眼欲穿，都期盼壮一早点回家。

忧的是，二十面相不久前寄来了预告信。全文如下：

我是何人，想必阁下在各大报纸上已经清楚。

据悉，阁下家中珍藏着六颗曾经镶嵌在罗曼诺夫皇室王冠上的大宝石。

实言相告，我已决定登门拜领，不日即将登门叨扰。

具体时间另行通知。

敬请阁下严加防范。

二十面相　敬上

据说罗曼诺夫王朝覆亡后，一个白俄罗斯商人弄到了沙皇代代相传的王冠，摘下王冠上的六颗宝石卖给了中国的一个大珠宝商。此后又几经辗转，被热衷宝石收藏的羽柴重金买下。此刻，宝石正静静躺在壮太郎书房的大保险柜里。从通知上看，二十面相对于宝石的珍藏地点了如指掌。

自接到预告信后，壮太郎神色如常，但夫人、小姐和女佣们天天胆战心惊，惊恐万状。

尤其管家近藤老人，把它当作头等大事，整天心神不宁，如坐针毡。他到当地警署报案，希望引起警署重视，并派警员保护。又新买了一条半人高的猛犬，让它在院墙内外巡逻。为防二十面相偷袭，老人绞尽脑汁，采取了一系列防范措施。

羽柴家有一个邻居，丈夫是某警署的警官。近藤老人与其达成口头协议，请他那些同事下班后或节假日到羽柴家值班保卫。最近无论白天黑夜，羽柴家总有两三个警官来回巡视。

壮太郎的三个秘书、警官和猛犬，组成了固若金汤、戒备森严的防御屏障。无论谁看了，都会认为二十面相即使三头六臂、飞檐走壁也无从下手。

话虽这么说，可长子壮一还没有回家。十年前，身无分文去南洋闯荡；如今，大功告成回家探亲。只要他能早点回到家中，家里人该有多高兴啊！尤其眼下，壮一的归来至少能壮壮全家人的胆子。

终于等来了壮一坐飞机到达成田机场的日子。

清晨，秋高气爽。羽柴家的仓库里悄然走出一个小学生模样的男孩，他就是壮一的弟弟壮二。

还没到早餐时间，院子里静悄悄的，只有麻雀们精神抖擞，在院内的大树枝头上和仓库的屋顶上相互追逐，叽叽喳喳地叫个不停。

壮二身穿睡衣，双手紧抱冷冰冰的铁制器械，沿仓库的花岗石台阶朝院子里走去。究竟怎么啦？受到惊吓的，不单单是麻雀。

昨天夜里，壮二做了一个可怕的梦，梦见二十面相不知从哪里偷偷潜入二楼书房，取走了全部宝石。

怪盗的脸就像父亲卧室里的能面面具，没有任何表情。他盗出宝石后，猛然间跃出二楼窗户，纵身跳到了伸手不见五指的院子里。

“哇！”

壮二惊叫一声，随即睁开了眼睛——原来自己在做梦。他醒来后一直睡不着，不祥的预感始终挥之不去。

“二十面相要逃走，肯定是从那个窗户跳到院子里溜之大吉。”壮二对自己的判断深信不疑。

“那窗户下有花坛，他跳下去一定会踩到上面。”

就在这当口，壮二突发奇想。

“嗯，这主意太妙了！我预先在花坛里埋下铁夹，一旦二十面相从那个窗户跳下去，肯定会被夹住。”

壮二会想到这个主意，是因为父亲的一个朋友经营大片山林，去年，他说要制作一批铁夹，还拿来了美国制造的样品。壮二不声不响地将样品占为己有，偷偷藏在了仓库里。

壮二对自己这个主意信心满满，可有人大唱反调，说偌大一个院子里只设一个机关，抓住大盗的可能性微乎其微。可眼下火烧眉毛，没有功夫思这想那。壮二不在乎别人怎么想，一心一意打算埋设铁夹试试看。这天，他破例早起，将计划付诸实施。

此刻，壮二回忆起捕鼠器夹住老鼠的经历，不由得得意起来。可又一想，这回捕捉的对象不是老鼠，而是一个成年人，而且是二十面相。

他把铁夹搬到花坛的正中央，使劲把锯齿般的卡口掰到两边，而后埋设在花坛的枯草堆里。

只要二十面相踩进陷阱，脚腕就会被死死夹住。可万一夹住家人就麻烦了。好在一大堆枯草盖在花坛正中央，家里人一般不到那里去。

“好了，也许能顺利夹住大盗。要是真能逮住，那有多好啊！祈求神灵保佑，让我如愿以偿。”

壮二合掌祷告后，满脸笑容朝卧室走去。其实，这想法太天真太幼稚了。可少年凭直觉制定的战术，也并非没有一点实现的可能性。壮二埋设的机关，究竟能起到什么样的作用姑且不谈，可读者不能忘了哟。

壮一归来

当天下午，羽柴一家全体出动，驾车去成田空港迎接壮一。

从飞机客舱走出的壮一气度非凡，白色的衬衫上系着漂亮的领带。深褐色的三件套西装套装，仿佛电影里欧美男士的打扮。深褐色的礼帽下，被太阳晒得紫铜般的脸庞英姿勃发，两眼炯炯有神，嘴角堆满了笑，牙齿雪白而又整齐。黑色的眉毛呈剑形，向左右额角高高翘起。经过修饰的胡须，格外引人注目。眼前的壮一，比照片上不知要帅多少倍。

壮一走下飞机，与大家一一握手寒暄后，和爸妈一起坐上了第一辆轿车。壮二、姐姐以及管家近藤，坐上了第二辆车。

两辆轿车一前一后飞驰在回家的路上。坐在后一辆车里的壮二，隔着前窗玻璃目不转睛地盯着哥哥魁梧洒脱的背影，心里涌出一股说不出的高兴。

到家后，大家把壮一团团围住，说个不停，不知不觉间已到了晚餐时间。餐厅的大餐桌上摆满了母亲亲自下厨烹调的可口菜肴，餐桌正中央的花瓶里还插满了五颜六色的花。每个人的面前都摆放着银光闪闪的刀叉和汤匙。与以往不同，今天的餐桌上，还放着折叠得整整齐齐的餐巾。

用餐过程中，不用说，壮一是大家谈论的中心。从未听过的南洋话，一句一句地从壮一的嘴里飞出，还不时夹杂离家出走前少年时代的回忆。

“壮二，记得你刚学会走路的时候，突然有一天，你跌跌撞撞地闯入我的书房，一骨碌爬到写字台上乱抓一气，又是扔又是撕的，还碰翻了放在写字台上的墨水瓶，弄得手上脸上到处都是，简直像一个非洲小孩，逗得全家人哈哈大笑。是吧，妈妈？”

虽然妈妈一时没想起那逗人发笑的一幕到底发生在哪一天，可内心乐滋滋的。妈妈笑得热泪盈眶，朝壮一不停地点头。

嘻嘻哈哈的笑声把大家带到了对往事的追忆中，沉浸在久别重逢的喜悦里。

就在这时候，秘书走进餐厅，将一份电报递给壮太郎。刹那间，餐厅里安静下来，大家不约而同地看向壮太郎。

壮太郎望了电报一眼，紧锁眉头，一声不吭。

“爸爸，怎么啦，有什么担心的事吗？”

壮一瞥了一眼电报，赶紧问道。

“是的。兴致正好的时候碰上这种倒霉事！我原不打算让你们操这份心，可这家伙说今晚来我们家，恳请大家务必留神！”

说完，他把电报念了一遍：

今天晚上，我将按照事先通知，于半夜十二点准时登门拜取宝石。

二十

“电文上的‘二十’，不会就是那个二十面相吧？”

壮一似乎明白了什么，转过脸注视着父亲。

“怎么，你也清楚这事？”

“从下关开始，一直听人们议论二十面相。飞机上看报纸的时候，偶然发现社会版面上刊登着二十面相决定偷袭我家的号外新闻。爸爸，那家伙究竟想干什么？”

“你离家出走后不久，我重金买下了沙俄皇帝桂冠上的六颗宝石。果然名不虚传，那些宝石确实是稀世珍宝。不知这消息怎么会传到二十面相的耳朵里，左一封预告右一封电报，说他看中了宝石，硬要上门来取。”

壮太郎把事情的来龙去脉，一五一十，全盘说给远道回来的壮一听。

“不过今晚有你在，就没有什么好担心的了。咱俩在我的书房里轮流值班交替睡觉，为保险柜站一夜的岗。”

“嗯，我看这事没什么大不了。我对自己还是有信心的，没想到刚回家就能帮上忙，真是太幸运太高兴了。”

这时候，管家近藤已经行动起来了。他板着脸，指挥大家分头把守，三步一哨五步一岗，宛如戒严。瞧这架势，二十面相即便插翅也难以进入。

晚上八点还没有敲最后一响，所有出入口的门都上了大锁。

“今天晚上，无论有什么样的客人来访，一律谢绝！”

管家对参加防守的各位下达了一道死命令。紧接着，他又命令三个警官、三个秘书和轿车司机守在各出入口。其余的人由他率领，在别墅的楼上、楼下和院子里巡逻。

羽柴夫人、早苗和壮二被安排早早上床睡觉。

十多个用人集中在一个房间里，交头接耳，窃窃私语，满脸不安。

壮太郎和壮一在二楼书房守卫保险柜。书房中央的大方桌上，摆着三明治和葡萄酒当点心。书房的门窗内侧都上了锁，从外侧根本无法打开，就连小虫也难以钻进来。

壮太郎坐在书房的椅子上，一边苦笑一边说："壮一，这样做也许有点小题大做吧？"

"不，应该这样做！可对付这种家伙，无论怎么提防都无济于事。刚才，我翻开报纸合订本琢磨了一番二十面相，越想越感到害怕。"

被儿子这么一说，壮太郎脸上原本万无一失的得意表情消失得无影无踪，取而代之的，是心急如焚的慌张神色。

"照你这么说，像这样的严密防守，也还是防不住二十面相？"

"是啊，我好像有点胆怯起来，总觉得最后还是难逃那样的结果。"

"可他究竟从哪里下手呢？……为了窃得宝石，他必须翻过四米高的围墙，还得躲过层层把守的众人潜到书房门口。瞧门上那把大锁，不把门打破是进不来的。最后，他还必须与我俩展开殊死搏斗。而且，宝石被锁在保险柜里，不知道密码休想打开。无论二十面相有什么高超魔术，要做到这些谈何容易！哈哈哈……”

壮太郎哈哈大笑，可笑声里掺杂着微微的颤抖。

“爸爸，可报纸上说，无论被害人怎么绞尽脑汁，提高警惕，结果还是跟二十面相预告信上说的一样。原以为保险柜固若金汤，结果背后给他神不知鬼不觉地开了一个大洞，宝物不翼而飞。还有一次，守护在保险柜周围的五个彪形大汉，不知不觉中被人下了麻醉剂，等醒来的时候，宝物已经不知去向。二十面相手法多变，简直防不胜防。”

“喂喂，壮一，你怎么啦？好像在赞美那个可恶的大盗。”

壮太郎一脸愕然地盯着儿子的脸。

“不，爸爸，这不是赞美，这都是报上的报道。那家伙不是真刀实枪地跟你硬拼，而是跟你比智慧。当今世界，最后胜负如何，通常取决于双方的智慧。”

父子俩面红耳赤，唇枪舌剑，谁也说服不了谁。

凌晨渐渐来临，凉风习习吹来。窗户玻璃被风吹得咔咔作响。

“壮一，你好像被报上的吹捧吓破了胆。让你这么一说，我也多少有点担心起来。反正天快要亮了，干脆打开保险柜核实一下宝石是否安然无恙。万一像报上说的那样，保险柜背后被开一个大洞可就糟啦！”

壮太郎笑着站起身，走到房间角落的保险柜旁边，不停地转动密码锁，柜门打开了，他轻轻取出紫铜小首饰箱，把小铜箱紧紧抱在怀里返回原来座位，再小心翼翼地把它放在他与壮一之间的桌上。

“爸爸，我还是第一次大开眼界呢！”

壮一对宝石充满好奇，双眼炯炯有神地望着小首饰箱。

“是啊，瞧，这曾经是俄罗斯沙皇桂冠上的宝石哟！”

打开小铜箱上精致的盖子，彩虹般的色彩令人眼花缭乱。六颗黄豆般大小的宝石，乖乖地躺在黑色绒缎制成的底座上，熠熠生辉，光芒四射。

壮一刚凑上去，“啪”，盖子被父亲牢牢关上了。

“我决定，把这小箱放在桌子中央。比起放在保险柜里，还是放在桌上安全得多。这样，你我四只眼睛可以寸步不离地盯着它。”

“是啊，这也许是最好的办法。”

渐渐地，父子俩想要说的话也说得差不多了，俩人隔着放有小首饰箱的桌子，你看看我，我看看你。

夜风中，玻璃窗不停地咔咔作响。远处突然传来激烈的犬吠。

“几点了？”

“十一点四十三分，还有十七分钟就是次日凌晨。”

壮一看了看手表后答道。

随后，父子俩又是互相对视，默默无语，只有均匀的呼吸声此起彼伏。很快，自以为面面俱到、万无一失的壮太郎呼吸开始急促，脸色苍白起来，额头上沁出黄豆般的冷汗。壮一放在膝盖上的手攥成拳头，两排牙齿紧紧地咬在一起。

“剩下的时间不多了吧？”

“是的，还有十分钟。”

就在这时候，一个白乎乎的小玩意儿在地毯上滚动起来，映入两个人的眼帘。那是什么？是玻璃弹子还是小老鼠？忽然，那圆滚滚的东西转到了写字台下。

壮太郎不由得大吃一惊，转身朝背后的写字台下张望起来。可左看右看，硬是找不到它的踪影。瞧，找到啦！

“那不是乒乓球吗?！怎么会滚到我的书房里？”

他弯下腰，费了好大的劲儿，总算从写字台下捡起乒乓球，不可思议地打量起来。

“真奇怪！壮二放在书架上的乒乓球，肯定是被什么东西弹到了地上。”

“也许是那么回事吧……壮一，现在还差几分？”

壮太郎向壮一询问时间。

“还有四分钟。”

壮太郎表情沉重地点点头。尔后，父子俩又相互对视，默默无言。那嘀嗒嘀嗒的声音，简直像一根无形的鞭子接二连三地抽打在他俩身上。

倒计时开始了！三分……两分……一分……三十秒……十五秒……

此时此刻，二十面相也许已经越过围墙？！也许正沿着走廊朝这里走来？！不，也许已经站在书房的门口？！

听！可怕的声音正在传来，房门眼看就要被撬坏。刹那间，可怕的二十面相就会破门而入……

“爸爸，您在想什么呀？”

“没，没有，我没有想什么。可我坚信，我绝不会败给二十面相的！”

话音刚落，壮太郎的两腮骤然涨得通红通红的。他伸出两只拳头，紧紧抵在额头上。

五秒，四秒，三秒，二秒，一秒！霎时，两个人的心脏仿佛猛然间停止跳动似的，呼吸声似乎也停止了。

“喂，壮一，再看一下时间！”

壮太郎朝壮一激动地大声吼道。

“十二点过一分。”

壮一答道。

“什么，已经是半夜十二点过一分了？……啊哈哈哈……怎么样？壮一，二十面相被新闻媒体炒得神乎其神，似乎无所不能，可他就是过不了你老爸这一关！宝石，六颗宝石，不还照样在桌上躺着吗！瞧，平安无事，什么事也没有！”

壮太郎以胜利者自居，狂笑起来。可壮一脸上的表情，毫无变化。

“我可不信爸爸说的。据我所知，二十面相从来不说假话，宝石真的平安无事吗？”

“你，你在说什么呀？六颗宝石连同首饰箱，不就在你我的眼前吗?！”

壮太郎不高兴儿子的胡言乱语。

“那，只不过是首饰箱。”

“怎么？难道你是说首饰箱还在，宝石却不翼而飞了吗？”

“还是核实一下为好。只有核实后，我俩才能放心。”

壮太郎站起身，两手按在首饰箱上。壮一见状，也站起身来。父子俩的视线交织在一起，目不转睛地盯着对方。

“好，打开就打开。宝石一定还在！”

“啪”，首饰箱的盖子被打开了。与此同时，壮太郎“啊！”地惊叫起来。

首饰箱里的宝石座上空空荡荡，六颗宝石已经不知去向。价值连城的六颗宝石，仿佛化作无色无味的烟雾，悄然消失了。

真相大白

足足十分钟，两个人一声不吭，面面相觑。

终于，壮太郎涨红着脸气急败坏，嘴里喃喃自语。

“真是不可思议，不可思议……”

“是啊，真不可思议。”

壮一接过父亲的话，随声附和。可他脸上既不担心也不吃惊，嘴角还有一丝丝奇怪的笑。

“壮一，你也清楚，门锁上没有发现任何异常，如果真有人破门而入，先发现的，无疑是我俩。二十面相绝不可能像幽灵一般从锁眼里钻进来。”

“我也是这么想。无论二十面相如何神通广大，也不至于变成幽灵。”

“照这么分析，这房间里能触及宝石的，只有你和我。”

壮太郎满脸狐疑，目不转睛地盯着儿子脸上的表情变化。

“是的，不是你就是我，不可能再有第三个人。”

壮一嘴角的笑开始朝脸上蔓延，笑容越来越明显。终于，他吃吃笑了起来。

“喂，壮一，你笑什么？有什么好笑的！”

壮太郎好像忽然明白了许多，脸色骤变，勃然大怒。

“我就是要让你见识见识大盗的本领。瞧，他果然名不虚传吧？遵守诺言，巧妙避开十道、二十道警戒线，不仅与物主会面，而且与宝石胜利大会师。”

“哼，你在胡说什么？又在为盗贼吹嘘！你大概是在讽刺嘲笑我吧！”

“是的，你大祸临头，我却幸灾乐祸。”

这难道是一个久别的儿子应该对父亲说的话吗？壮太郎瞠目结舌，呆若木鸡。

眼前这个笑容可掬、目中无人的年轻人，哪像自己的亲生儿子？这家伙，简直像一个与自己毫无血缘关系的陌生人！

“壮一，你给我站着别动！”

壮太郎怒目圆睁，直勾勾地盯着对方，快步朝墙边移去，欲按警铃。

“羽柴先生，请站好，你再动我可要这个了！”

胆大妄为的儿子竟然直呼父亲的名字，壮太郎着实吓了一跳。壮一说完，从口袋里掏出手枪对准了壮太郎，但脸上依然和颜悦色。

一看到黑洞洞的枪口径直朝着自己的胸膛，壮太郎不由得腿酥脚软，全身瑟瑟发抖，连站也站不住了。

“不准喊人，也不准吱声，否则我就不客气了！”

“你到底是什么人？是不是……”

“哈哈哈……您好像终于醒悟了。实话告诉您吧，我不是您的大公子。正如您已经觉察到的那样，我就是人们说的二十面相。”

壮太郎简直像在参观妖怪似的，眼睛一眨也不眨地望着对方。他实在无法相信这是真的，那封来自婆罗洲的信，难道不是儿子的亲笔？那，究竟又是谁写的呢？尤其那夹在信封里的照片上的人又是谁呢？

“哈哈哈……我之所以被称为二十面相，就是因为我擅长变化无穷的易容术。除了我，谁都不会。羽柴先生，对于您赐给的这份厚礼，我应该向您说一声谢谢，并向你叙述一下真实的情况。”

魔鬼般的年轻人，似乎压根儿不在乎眼下所处的险境。他，从容不迫，谈笑风生，侃侃而谈。

“经过调查，我得知贵公子十年前去向不明，便设法弄来一张他过去的照片。尔后，想象他十年间的变化，乔装成现在这张脸。”他边说边拍打着自己的脸颊。

“所以，信封里那张照片是我，不是您的什么壮一。信，也是我写的。我把信和照片寄给婆罗洲的朋友，让他通过邮船寄到您这儿。可怜的是，壮一至今下落不明，杳无音信。当然啦，我也不是从婆罗洲来。这出戏由我一手导演，并由我领衔主演。”

羽柴做梦也不会想到，自己居然上当受骗，引狼入室。全家人欢天喜地去空港迎接归来的壮一，接来的却是二十面相。

“我顺利并且巧妙地使用了隐身魔术。”

二十面相似乎更洋洋得意了，继续说道。

“明白了吧，还有刚才那个乒乓球。为调虎离山，我从袋里取出乒乓球扔到地毯上，朝写字台下滚去。目的，是引诱你钻到写字台下东寻西找。果然，您中计了。趁这当儿，我迅速打开首饰箱取出宝石。哈哈哈……送君千里终有一别，我这就告辞了，就请您在此留步吧。”

二十面相手持德国造勃朗宁手枪，脚步慢慢朝后移动，左手转到背后打开房门，一个箭步蹿到了走廊上，随后打开窗户，骑在窗台上。

“这把枪送给壮二当玩具吧。您可要证明我没有杀人哟。”

他把枪扔到壮太郎的书房里，随后跳到院子里，消失在漆黑的夜里。

壮太郎再次上当受骗。

这是一把玩具手枪。壮太郎刚才就是被这把玩具手枪镇住了，连吱声都没有胆量，别说喊人了。

二十面相打开的窗户，恰恰是壮二梦见的那个。窗户下花坛正中央的枯草堆里，有一个铁夹正龇牙咧嘴、虎视眈眈地等待着战利品呢！好多梦都能在现实生活里兑现，如果壮二的梦真能实现，那只美国造铁夹也许……

池　塘

二十面相扔下手枪从窗户跳到院子的一刹那间，壮太郎胆大起来，他三步并作两步跑到走廊上，从窗户探出脑袋朝院子里张望。

虽说夜色正浓，可院子里有好几盏照明灯，像公园里的路灯一样能照见人影。

二十面相跳到院子里的时候，好像仰面倒在地上，但他又一骨碌爬起来，飞速奔跑起来。正如壮二事先预料的那样，二十面相果真朝花坛中央的枯草堆跑去，还没跑上几步，随着“咔嚓”一声，黑影栽倒在地。

“快来人啊！有贼，有贼！就在花坛里！”

壮太郎大声疾呼。

如果没有那个铁夹，二十面相也许早就逃之夭夭了。壮二的天真想法竟然奏效了！盗贼坐在花坛中央的枯草堆里，使出全身的劲儿想要掰开铁夹。这时候，把守各个要道的“哨兵”从四面八方涌来。身穿黑色西装的警官、秘书以及司机，共有七人。

壮太郎顺着楼梯下来，急匆匆地与管家近藤一起，从一楼窗户射出两束高强度的手电光，为前去追捕的人提供照明。

“哨兵”们行动了，但前不久花高价买来的猛犬，竟然在如此重要的节骨眼上临阵逃脱，不知躲到哪里睡觉去了。如果它加入追捕，无论二十面相如何乔装也难逃脱。

追兵只有不到十米了，但二十面相居然解开铁夹费力地爬了起来。追兵从各个方向发起了猛烈的冲锋。

突然，二十面相犹如一股黑色的狂风奔跑起

来，就像离弦的箭，突破了包围圈，朝院子深处冲去。

院子像一座小型公园，有假山，有池塘，有小森林，七个人根本不够用，可惜猛犬不在，如果……

大家竭尽全力，拼命追赶。三名警官是追捕和搜索的内行，一马当先。二十面相奔跑如飞，刚蹿入假山上的树林，瞬间又出现在平地，朝假山的另一头跑去。于是，追兵分成两路包抄上去，防止他翻越围墙向外逃窜。再说围墙有四米之高，没有梯子是很难爬上去的。

“喂，在这里，在这里！”

一个秘书在假山上的树林里大声叫喊。

霎时，所有的手电筒光束一齐朝那里射去，只见二十面相弯腰弓背，朝假山右侧最大一片树林里跑去。

“他朝山下跑了！”

手电筒光束在树林里晃来晃去，仿佛战场上的探照灯光。院子太大了，到处是树木和岩石，加之二十面相飞人般的奔跑速度，尽管他的背影就在眼前晃动，却看得见抓不着。

正在这时，当地警署接到报警，派来许多警员，将院子围得水泄不通。二十面相渐渐进入张开的大网，眼看就要遭擒。

然而，二十面相与追兵们玩起了捉迷藏。院子里的大树比比皆是，他一会儿出现在这棵树前，一会儿出现在那棵树后，一会儿又不见了，尽管手电筒光束照来射去，却再也没有找着他的踪影。

院墙外，警官们严阵以待。别墅里，所有窗户都紧紧关闭，亮着灯光。整个院子犹如白天。壮太郎、管家以及十几个用人都站在面朝院子的一楼走廊上，等待二十面相被获遭擒。可盗贼绝不会飞蛾投火，他肯定躲在院子里的哪个角落了。七个追兵无论怎么搜寻，就是不见丝毫踪迹，难道他还会隐身术？！

看来，只有等天亮进行地毯式搜寻。只要严守正门、后门和围墙外，他必然插翅难逃。

为调换院墙外的警官们，追兵们离开了院子，只有汽车司机松野单独一人留在院子深处。

假山右侧的树林是院子里多个树林中的最大一片。树林里有一个很大的池塘。松野独自走到池塘边，猛然发现一样奇怪的东西。

距离岸边很近的池塘水面上漂浮着许多树叶，其中有一根微微晃动的粗壮芦苇。即没有风吹，也没有波浪，究竟是何缘故？

刹那间，松野的脑海里闪过一个奇怪的念头。芦苇下，十有八九是那个盗贼！他真想大声疾呼，可又担心打草惊蛇。

他蹲在岸边，借助手电筒的亮光仔细观察。为尽快解开这个谜，他想出了一个让人拍案叫绝的主意。他从口袋里取出纸巾，撕成细条，悄悄插入芦苇的上端。然后，他看到，纸巾开始飘动。可见，盗贼在水下依靠这根芦苇管呼吸。松野对自己的判断深信不疑。倘若冬天，这是无法想象的。可眼下是十月，还没那么冷。尤其二十面相嗜好冒险，自称会呼风唤雨的人间魔术师。

可是，应该怎样处置这根芦苇呢？

当时，松野完全可以悄悄回去搬兵，可他想抢头功，而且想凭一己之力抓获盗贼。

他把手电筒放在地上，突然伸出两手抓住芦苇，使劲拔出水面。

芦苇仅有三十厘米长，可能是壮二在池塘边玩耍时扔在这里的。当芦苇离开水面的时候，末端有一只深褐色的手跟着浮了上来，紧接着，还有深褐色的手臂，深褐色的肩膀……仿佛深褐色的妖怪从海底浮出水面，全身上下浸泡得像深褐色的落汤鸡。

怪盗落网

足足五六分钟，松野呆呆地站在池塘边，呼吸急促起来。

他调转身体，急匆匆地朝主屋走去，可步子怎么也迈不大。他穿过院子，拖着僵硬的脚步朝大门走去。

大门两侧各站有一个秘书，精神抖擞地守卫在那里。松野走到他俩身边，把他俩的手放在自己的额头上，脸上露出痛苦不堪的表情。

“我全身发冷，还有可能发热，想稍稍休息一下。”

声音有气无力，神情颓然。

“行，行，松野君，快休息去吧，这里有我俩在就可以了。”

其中一个秘书精神十足地答道。

松野朝他俩深深鞠了个躬，消失在大门内侧的车库里。他住的房间，在车库背后。

自松野开始休息一直到早晨，正门和后门都没有人通过。轮流守卫在院墙外的警官们连翻墙爬出的盗贼影子也没有见着。

早晨七点，警视厅又派来许多警官，打算对院内展开地毯式搜查。在搜查结束前，任何人不得外出，只有上学的学生除外。三年级学生早苗小姐，在门助小学就读。五年级学生壮二，在高千穗小学就读。吃罢早饭，他俩像往常一样坐上家中的自备车上学去。

松野司机好像还没有恢复元气，嘴部肌肉似乎还有点僵硬，一副无精打采的模样。由于上学不能迟到，他只得硬着头皮驾车朝学校驶去。

东京警视厅搜查一课的中村警部，首先在书房里向壮太郎了解昨晚案发前后的情况。尔后，对家中所有人逐一展开询问。最后，组成搜索队形对院内、楼内展开搜索。

“昨晚我们就赶到这里布控，一直到现在。除司机松野和两个小学生出门以外，其他人都没有外出。此外，也没有发现有人翻越院墙。请警部放心。”

当地警署的搜查主任向中村警部汇报，语气斩钉截铁。

“这么说，那盗贼还潜伏在院里或者楼里？”

“是的。只能这么考虑。可从拂晓到现在，我们警署的搜索，什么也没有发现。只找到一具狗的尸体……”

“什么，一具狗的尸体？”

“这家宅邸的业主为安全起见特地买来一条狗，可昨晚被人毒死了。经过调查，凶手是那个扮演这家长子的二十面相。昨天晚上，他让狗吃了有毒的食物。这家伙考虑得十分周密细致。要不是这家次子、读五年级的壮二预先在花坛里埋设了一个铁夹，那家伙早就溜之大吉，不知去向了。”

“那好，再搜查一遍。这院子太大了，也许还有特别隐蔽的地方。”

两人正说话间，假山右侧的树林里传来歇斯底里的叫嚷声。

“快来一下！我发现，我发现盗贼了！”

与此同时，院子四处传出警官们奔跑的皮鞋声。警官们从各个方向赶往那里。中村警部和刑侦主任也撒开双腿朝声音传来的方向跑去。

大喊大叫的是羽柴壮太郎的一个秘书，他站在一棵大树下，手频频指着树上。

“是，是那个。躲在那上面的，肯定是二十面相！我记得那套西装的颜色。”

这棵树，离地三米左右的地方有两根非常粗壮的树杈，其中一根树杈上茂密的树叶背后，有一个人蜷缩着。

树下，声音鼎沸；树上，无动于衷。也许二十面相已经感到走投无路而绝望了？或是全身乏力？总之，他似乎不太可能在树上睡大觉。

“谁上去把他给拽下来！”警部说。

很快，长梯搬来了。但那家伙依然没有要逃走的迹象，也没有自首的征兆。三个警官敏捷地爬到树上，像老鹰抓小鸡似的把他拎到了地上。

“怎么，二十面相已经被绑起来了？”

仔细一看，那人已经被一根长长的细绳左一道右一道地绑得差点喘不过气来。嘴里塞了一块大手帕，还有一块大手帕，把嘴巴蒙得严严实实的。出乎意料的是，他身上的西装似乎在水里浸泡过，浑身没有一块干的地方。取下手帕后，那人费了好大劲儿满满地喘了一口大气，随即嚷个不停：“可恶！那家伙太可恶了！”

“哦？这到底是怎么回事？你不是司机松野君吗？”

秘书简直不敢相信自己的眼睛，呆呆地愣在一边。

原来，他根本不是二十面相，而是羽柴壮太郎的司机松野。

松野司机不是刚才送早苗小姐和壮二少爷上学

去了吗？怎么会在这里呢？

“到底是怎么回事？”

警部问道。

松野后悔莫及：“那家伙，我上了他的当……”

壮二失踪

根据松野的证词，二十面相是这样在众目睽睽下逃之夭夭的：人们紧追不舍，盗贼却跳进池塘潜入水中。人潜在水里，呼吸是个大问题，幸亏无意中发现岸边有一根芦苇。他将芦苇一端浮出水面，一边悄悄呼吸，一边等待追兵离开。可掉队的松野还留在原地，一个劲儿地打量池塘水面。突然，他发现了那根竖着浮在水面的芦苇。经过实验，水下的盗贼也给他“拽”了上来。于是，岸边的格斗开始了。可怜的松野司机，连呼救的机会都没有就被死死摁在地上。嘴里塞入手帕还不算，嘴巴上还被严严实实地蒙上另一块大手帕。身上的司机服装也被强行与盗贼的深褐色西装调换。尔后，被盗贼用麻绳五花大绑，再吊到树上绑在树杈上。

护送壮二和早苗上学的，是二十面相！

自壮一离家出走后，被壮太郎夫妇视为掌上明珠的两个孩子，不知被二十面相带到哪里去了！夫妇俩的担心，佣人们的惊恐，不言而喻。

首先是了解早苗小姐的去向，壮太郎打电话到门助学校，出乎意料的是，早苗小姐正在学校上课。接着，壮太郎又打电话到壮二的学校。校方说，已经快到中午放学的时间了，一直没见着壮二。

这个消息简直是晴天霹雳！

也许二十面相已经知道，那个铁夹是壮二预先埋设的，由于那个铁夹，他不仅差点被抓，而且腿上还挂了彩。为报一箭之仇，他决定绑架壮二。

事态越发严重，中村警部立即报告东京警视厅，请求在东京各交通要道布控，搜索羽柴壮太郎家那辆被盗的轿车。

壮太郎每隔三十分钟就要打一次电话，向学校和警视厅询问情况。

一个小时过去了，两个小时过去了，三个小时过去了……

这天午后，羽柴壮太郎家门口来了一个头戴鸭舌帽、身穿西装套装的年轻人，说了一件有趣的事情。

“受你家轿车司机的委托，让我把车送回来。因为他中途有事，下车走了。现在车停在门口，请仔细检查一下。”

秘书向壮太郎报告，壮太郎和近藤管家立即赶到门口。果然是自己的车，可车内空荡荡，没有壮二。

“瞧，那儿有一封信。”

近藤管家从轿车的保险杠上拾起一封信，信封上写有“羽柴壮太郎亲启”七个大字，没有寄信人的姓名。

壮太郎拆开信封，站在院子里看了起来。

昨天夜里如数收到六颗宝石，越看越爱不释手。请放心，我一定把它们当作传家宝珍藏。

尽管收下您的这份厚礼，可心里还是有点埋怨。不知谁在花坛里埋设了那个铁夹，以致我的脚挂了彩，伤得不轻。听医生说，需要十天才能痊愈。为保留人身伤害的赔偿权利，暂收留壮二作为人质。

壮二现在被关在冰冷、简陋而又黑暗的地下室里，正大哭不止。我猜，那铁夹肯定是壮二干的。因此，对他做出适当的惩罚也是理所当然的。

至于人身伤害赔偿，我可不是说要现金，是要您拱手相让您珍藏多年的观世音像。昨天，十分荣幸，承蒙您的厚爱参观了贵府的美术室，真是大饱眼福！那尊观世音像是镰仓时代的工艺品，而且是著名雕刻大师安阿弥的经典之作。对于古董工艺品，我情有独钟。最近，我好几次梦见那尊观世音像已经在我的手中。我决心，无论如何得到它。

今天晚上十点整，我的三个手下将登门拜访，请别声张。届时，请把他们带到您的美术室，配合他们把观世音像包装好，协助他们搬到预先停在附近的卡车上。一旦货物到达指定的地点，一定把壮二送还给您。我以我的名誉向您发誓，绝不食言。

希望您做到以下两点：不要报警；不要跟踪卡车。倘若把我的话当作耳边风，您将永远见不到壮二。我相信，您一定会不折不扣地按照我说的去做。今天晚上，务必于十点前把大门打开，以此作为您亲自接应及诚意的信号。

二十面相　敬上

信上的要求简直蛮横无理，胆大包天！壮太郎紧紧握着拳头，欲与二十面相再决雌雄。可一想到壮二还在对方手里，转眼又像一只泄了气的皮球，垂头丧气，无精打采。如果不答应对方的无理要求，将会失去自己心爱的壮二。

少年侦探

在学校老师的护送下，早苗小姐回家了。壮太郎夫妇、近藤管家赶紧到大门口，拉着她来到壮太郎的房间问长问短。可一看墙上的挂钟，离晚上十点只剩下八九个小时了。

“换作别的东西，可以让他拿去。像宝石之类的东西，只要肯花重金就可到手。唯独那尊观世音像，我无论如何不能送给他。如果把国宝送到盗贼手上，我将在日本美术界永远遭到唾弃。虽说这文物在我家中，可它绝不是我的私有财产，它是国宝！”

壮太郎决心忍痛割爱，不再考虑怎么营救壮二脱离虎口。可夫人硬是不同意，说只要能把壮二换回来，不管给什么都行。

“不交出观世音像，壮二就会遭殃！无论稀世珍宝多么贵重，绝抵不上人的生命。何况，壮二现在是我们羽柴家唯一的继承人。一切都依他说的去做，千万不能报警！”

夫人说着说着，眼前仿佛浮现出壮二的身影。此时此刻，壮二正孤苦伶仃地在漆黑的地下室号啕大哭。夫人焦急万分，就连十点也等不及了。她希望羽柴尽快把观世音像交出去，换回壮二。

“我当然也希望儿子回来。可这盗贼贪得无厌，不光盗走了价值连城的六颗宝石，居然还要古董观世音像。一想到这里，我心里说不出是个什么滋味！近藤管家，你有什么好办法吗？”

“让我想一想……是啊，如果报警，这信里的内容就会不胫而走。据盗贼在信中的指示，今晚十点之前是不准透露任何风声的。这么短的时间里，让人决断真是左右为难啊！这个……如果委托私人侦探，也许……”

老人突发奇想。

“对，据说有私人侦探事务所。可这么大的事情，私人侦探能行吗？”

“据说东京有一个大名鼎鼎的侦探，智力超人，论侦破技术，在全国也是一流的。”

老人说完，歪着脑袋使劲儿回忆这个大侦探的名字。

早苗连忙插嘴：“爸爸，我知道。近藤爷爷说的那个大侦探，就是明智小五郎呀！许多警方破不了的案子，一到他的手里立即水落石出，真相大白。”

“是的是的，是叫明智小五郎。听说他在日本侦探界是个了不起的人物。我想，请他与二十面相较量较量，不知主人是否同意？”

“好！他的名字我也曾听过，快请他来，让我跟他谈一下。这位侦探专家，也许会想出我们意料之外的绝妙主意！”

近藤管家翻开电话簿，给明智侦探事务所打了电话。可电话那一头传来的，是孩子的声音："明智先生手上有一个重大案件，现正在国外调查取证，究竟何时能回来，我们也不清楚。先生的助手小林君没有出国，代理侦查业务，如您认为行的话，下午就登门拜访。"

"哦，是吗？不过，我要委托的……是一件非常棘手的案件，要是派助手来，可能……"

近藤管家说话吞吞吐吐。这时候，电话里似乎换了一个声音，信心百倍的声音，在近藤老人的耳边响起："助手，也未必比明智先生差到哪里，希望您相信我们。暂且，我们让他下午先拜访贵府，好吗？"

"好吧，请转达助手本人，劳驾他下午光临寒舍。不过，我先通报贵所，对方是一个很难对付的高手。况且，本案又是人命关天。请你们心理上要有所准备。另外，千万别把我说的内容泄露出去！下午光临寒舍的时候，务必不要声张！"

"知道了，请放心吧！"

全家人坐在客厅里，焦急地等待大侦探助手小林的到来。

十分钟过去了，大门口出现了一个英俊的少年，秘书上前接待。那少年自我介绍说，他是壮二的好友。

“壮二少爷不在家。”

少年仿佛什么都已经知道似的，对秘书说：“我已经估计到那么回事。请允许我拜见他的父母亲，我父亲让我捎口信给他。我是明智大侦探的助手，叫小林。”

听完秘书的报告，壮太郎想起朋友中间确实有一个叫小林的人，赶紧让秘书请朋友的儿子到客厅来。

壮太郎走进客厅，一个十二三岁光景的少年正站在客厅中央。苹果般的脸蛋上，一对炯炯有神、聪颖机智的大眼睛。

“您是壮太郎先生吧？初次见面，请多多关照。我是明智侦探事务所的小林。接到您府上的委托电话，我就立即来了。”

小林君彬彬有礼，声音清脆响亮。

“你是小林？哦，是贵所小林先生派来的人吧？实话告诉你吧，这是一个非常棘手的案件，我很希望小林先生他本人来，可是……”

小林举起手友好地打断了壮太郎的话。

“您误会了，我就是明智侦探的助手，叫小林芳雄。明智侦探身边，只有我一个助手。”

“电话里介绍的小林助手就是你本人？”壮太郎目瞪口呆，“刚才电话里说，助手本领不一定比名侦探差。那助手，大概就是你本人吧？”

“是的。明智先生说过，他外出的时候，不管什么案件都由我担当。”

少年侦探对自己的侦破本领充满了自信。

“听你说，你是壮二的好朋友。你怎么认识壮二的？”

“那是最起码的常识，如果连这也不懂，是不能从事侦探工作的。在最近的《实业杂志》上，长篇报道了贵府遭到袭击的情况。贵府管家打来电话时，又强调案件人命关天。于是，我估计不是早苗小姐失踪便是壮二少爷下落不明。总之，我的估计似乎没错。这一案件，肯定与东京城里传得沸沸扬扬的二十面相有关。”

这少年也许够得上侦探这一称号！壮太郎开始对少年侦探刮目相看。他招呼近藤管家到会客室，把事情的来龙去脉细说了一遍。

少年仔细听着，不时向他俩提问。谈话结束，小林要求看一下观世音像。在壮太郎的陪同下，参观了羽柴美术室后返回会客室。有那么一会儿，小林一声不吭，闭着眼睛似乎在考虑什么。突然，少年睁开眼睛，脸上流露出兴奋的表情。

“我想出一个非常巧妙的办法。对方使用魔法，我也使用魔法。这样做，只是危险性非常大，比我来前想出的办法危险更大。”

“那，到底是什么办法？”

“那……”

小林附在壮太郎的耳边，窃窃私语。

“哦，你本人吗？”

壮太郎简直不敢相信自己的耳朵，顿时瞠目结舌。

“是的，似乎很难办到，可我曾经试验过这个办法。前年，明智先生就是使用这个办法，让法国怪盗亚森·罗宾吃了个大亏。”

“壮二本人会有什么危险吗？”

“没关系。如果对方是小偷，危险反而很大。像二十面相那样的大盗，一般不会违背诺言。听说他开的条件，是要你用观世音像与他交换壮二。用我这个办法，壮二无疑在危险还未发生之前就可安全回到你的身边。如果没能奏效，我再想别的办法。总之，请一百个放心！”

“在明智先生外出的时候，让你干这种危险的事，万一有个闪失，我可怎么向他交代啊！”

“哈哈哈……您大概还不了解我们的工作生活情况吧。侦探与警官完全一样，牺牲在侦破犯罪的战场上才是我们最崇高的荣誉，可那种可能性很小。我们这工作，也说不上很危险。您不要紧张，即便您不许可，我也不能后退，必须让我按计划进行。”

壮太郎和近藤管家费尽口舌，最终还是拗不过小林。

观世音像

晚上十点，二十面相的三个手下果然准时拜访了壮太郎家。

三人对站在门口的秘书说："我们准时登门，拜取观世音像。"

说完，直接朝二楼的美术室走去。

壮太郎和近藤管家早已等候在那里，对其中一个盗贼说："据说你们很讲信用，那我儿子也带来了吗？"

"请不必担心，您儿子我们也已经带来，现正在附近。可你们去找，是无论如何找不到的。在我们运走观世音像之前，壮二是不会交给您的。”

那人板着脸说完，带着其余两人直接朝美术室走去。

美术室内有一个大储藏室，灯光虽然暗淡，可里面摆放的各种文物可谓琳琅满目，宛若小型的博物馆。展示柜里陈列着刀剑、古代的战袍、花瓶、小首饰箱，还有屏风和立轴画等等。右侧角落立着一个高一点五米的长方形玻璃箱，观世音像就在那箱子里。

黑色的观世音像坐在莲花座上，身上的条纹袈裟有许多洞眼。真不愧为雕刻大师的精品之作。圆润柔和的脸上是似笑非笑的表情。就算再邪恶的家伙，面对这尊佛像，恐怕也会不由自主地合掌膜拜吧。

也许是自惭形秽，三个盗贼不及细看就忙活起来。

“别慢吞吞的，手脚都给我放利索点！”

其中一人将一块不太干净的大包袱布摊在地上，另一个人操起包袱布的一端将玻璃箱围了个严严实实，再用布带将围在箱子外边的包袱布系紧。

“喂，好了吗？要竖起来搬哟！嗨——哟！”

三人旁若无人，径自抬起观世音像朝大门口走去。

壮太郎与近藤管家紧跟在他们后边，两眼紧盯着三人的背影。眼下，只有观世音像被抬走，却不见壮二回家的迹象。

不一会儿，传出卡车的引擎声。车，就要启动了。

“喂，壮二在哪里？在壮二没有回家之前，卡车不准离开！如果你们强行开车，我就立即报警。”

近藤管家打算拼上老命。

“不用担心，请转过脸朝后面看，小孩不是已经站在大门口了吗？”

壮太郎与管家朝门口望去，路灯下果然有两个人影。就在这时候，卡车飞驰而去。

壮太郎和管家三步并作两步朝路灯下的人影跑去。

“咦，这两个乞丐早就在这里了，是一对要饭的父子俩。刚才已经给过他们许多吃的了。”

两个乞丐衣衫褴褛，手上脸上满是污垢。

“你俩怎么还站在这里？还不快走！要是让客人看见，不是丢尽我家主人的脸吗！”

近藤管家连声斥责，可那个年长的乞丐却嘻嘻笑了。

“哎呀呀呀，今晚十点钟把你家的孩子送来，不是事先讲好的吗？”

话音刚落，他拔腿就跑，很快就无影无踪了。

“爸爸，爸爸，是我啊！”

说话的是小乞丐。

原来，他正是羽柴壮太郎的次子壮二。

“怎么回事？你怎么这种打扮？”壮太郎握着日夜思念的壮二的手问道。

“爸爸，这是二十面相的阴谋。他先把我的两只手绑起来，硬给我穿上这样的脏衣服，还强行给我带上一顶破帽子。我嘴里也被他塞了一块大手帕，不准我吱声。”

原来，那乞丐正是二十面相本人。他化装成乞丐，在一旁监视。一直到卡车安全运走观世音像后，才将壮二归还给壮太郎，尔后溜之大吉。

壮二平安无事回家了。自从被二十面相带走后，他一直被关在阴暗潮湿的地下室里，好在没有受到什么虐待，也没有挨过饿。

听壮二说完，壮太郎夫妇并没有露出轻松的表情，仍然忧心忡忡。

且说化装成乞丐的二十面相并没有跑远，他躲在附近一条小巷子里，又将自己打扮成一位老人，头发花白，脸有皱纹，怎么看都是一位年逾花甲的老翁。

他手持竹制拐杖，弓着背，步履蹒跚地走了出来。即使壮太郎派人追赶，也根本认不出这白发苍苍的老人就是刚才的乞丐。

老人走到大路上，叫了一辆出租车，让司机漫无目的地开了约二十分钟，尔后下车改乘另一辆出租车，才朝住所驶去。

车停在户山原的入口处。老人下车后，磨磨蹭蹭地朝伸手不见五指的野地走去。盗贼团伙的老巢，就在这户山原里。

野地尽头是一大片挺拔的杉树林，树林里有一幢陈旧的欧式别墅，看起来破败不堪，似乎年久失修，早就没人居住。白发老人走近玄关，“咚咚咚”敲了三下门。间隔一分钟后，又“咚咚”敲了两下。这种敲门方法，无疑是他们的联络暗号。不一会儿，门开了，露出一张脸，正是刚才在羽柴家搬运观世音像的人。

老人率先大步走进屋子。走廊尽头，有一个宽敞、豪华的大房间。房间正中央，竖着一个长方形的布包。布包内，是装有观世音像的玻璃箱。房间里没有电灯，只有蜡烛昏暗浑浊的光线。

“好，干得不错！这是奖金，你们三人随便上哪儿去玩吧。”

二十面相取出六张百元大钞，交给三个喽啰。待他们走后，才解开布包，手持蜡烛站在观世音像前，打开玻璃门。

“大慈大悲的观世音菩萨，您今天也领教我

二十面相的高超本领了吧！昨天，我得到的是价值二十万日元的宝石。今天，我得到的是国宝级的美术品。有了你们的光临，我那建造大美术馆的计划就可以付诸实施了！哈哈哈……观世音菩萨，您是经过精雕细刻才来到世上的。瞧您那逼真的模样，简直像活在人间似的。”

二十面相沾沾自喜，对着观世音像喃喃自语。突然，出乎意料的事情发生了。观世音像的右手突然活了起来，迅速向前伸展，握着一把黑乎乎的手枪，黑洞洞的枪口正对着二十面相心脏的部位。

观世音像显然是不可能自己动起来的，难道它体内还有什么机关构造不成？可镰仓时代的木雕，不可能有那么复杂的构造。这究竟是怎么回事？

被枪口瞄准的二十面相不可能有这么多的考虑时间。他大叫一声，两手不由得高高举起，两腿哆哆嗦嗦地朝后退去。

陷　阱

这行动自如的观世音像，着实让天不怕地不怕的二十面相吃了一惊。倘若对方是人，不管手上拿的是刀还是枪，他自信都能沉着应对。可这座观世音像是镰仓时代的工艺品，却突然间“活”了过来，怎不叫他心生惧意呢。

从心底涌起的恐惧感，使他“扑通”一声，可怜巴巴地跪在了地上，两只手高高举过头顶，合掌膜拜，连声说着对不起……

可观世音像并不罢休，反而健步走下莲花座，一边用枪对准盗贼，一边步步紧逼上前，一步，两步，三步……

“您，您，您究竟是哪一位？”

二十面相狼狈不堪，膝行着后退，嘴里不停地问。

“我来取回羽柴壮太郎家的六颗宝石。如果马上交还给我，就饶你一命。”

观世音像不但会走路，还会开口说话，而且语气严厉，根本没有商量的余地，俨然上司对下级发布命令。

“哈哈，我明白了，原来是羽柴家的间谍！好啊，你竟敢化装成观世音像闯入我的地盘！”

一旦确认对方是人，二十面相顿时轻松了许多。不过，莫名的恐怖感并没有完全消除。如果是成人化装成观世音像，不可能只有一点五米的高度。无论怎么看，那人都太矮了，而这小矮子居然出奇地镇定自若，这反差实在诡异。

“如果我不交出宝石呢？”他试探道。

“那我就要你的命！实话告诉你，这可不是你用的玩具手枪！”

“观世音像”非常清楚，眼前这个头发花白的老人，实际上是二十面相化装的，通过刚才他与其他人的对话，他十分确定这一点。

“让你领教一下吧，这到底是不是玩具手枪！”

话音刚落，“啪”——令人心跳加速的可怕声音。一侧窗户上的玻璃哗啦啦碎了一地。

“观世音像”看了一眼地上的玻璃碎片，又把枪口瞄准了二十面相，漆黑的脸上露出令人毛骨悚然的冷笑，枪口还冒出一缕青烟。

看着眼前的一切，二十面相浑身颤抖，真不知道接下来还会发生什么。也许这家伙真的会将子弹射入自己的胸膛。而且如果再有枪声，很有可能招来附近的居民，后果更不堪设想。想到这里，他开始动摇，不再抱有幻想，快步朝墙角的大桌子走去，从隐蔽在桌脚的小抽屉里取出六颗宝石放在掌心。

“没办法，这六颗宝石就请转交给羽柴壮太郎先生吧！”他嘴里嘟哝着，回到原来的位置。

在黯淡的烛光下，宝石依然熠熠生辉。

“呵，二十面相真了不起！竟然知道羽柴家有如此贵重的宝石。你从哪里调查来的？”

“观世音像”边说边伸出左手，从二十面相手里接过六颗宝石。尔后，发出老人般嘶哑的笑声。

“哈哈哈……佩服，佩服！没想到大名鼎鼎的二十面相竟也如此爱惜自己的生命。”

“嗯，我认输。不过您到底是何方神圣？真没想到竟然有人敢在我这个赫赫有名的二十面相头上动土。为表敬意，能否请教贵姓大名？”

“哈哈哈……能受到你的赞扬，真是荣幸！你想打听我的名字吗？我看你还是带着这个谜到监狱里去猜吧，也许那样对你来说更有趣。”

“观世音像”以胜利者的口吻教训着二十面相，枪口始终对着他的胸口，同时敏捷地向大门方向移动。

贼巢的地点已经查明，宝石也已经到手，眼下只要顺利离开，到附近的警署报案，就算是大功告成。

就在大门近在咫尺的时候，突然传来异常的笑声。化装成老人的二十面相一改刚才的可怜相，冷冷地笑个不停。

“有什么可笑的？”

“失礼，失礼。你这小家伙模仿大人说话，差一点把我唬住了。可你最后还是露出马脚，被我识破了。能够挑战我的，只可能是私人侦探明智小五郎。可他的个头不可能像你那么矮小。你，你是个小孩！要说能掌握一点明智破案本领的孩子，倒是有一个，就那么一个，好像叫什么小林芳雄的，是明智小五郎身边唯一的少年助手。哈哈哈……怎么样，我没说错吧？”

小林听到这番话，暗暗吃了一惊。但反正目的已经达到，即便二十面相识破自己的伪装也无关紧要。

“名字吗，不管你怎么说都可以。正如你已经察觉的那样，我是一个少年。可赫赫有名的二十面相败在一个十二三岁的少年手里，难道不害羞吗！哈哈哈……”

小林勇敢地回敬二十面相，毫不示弱。

“孩子，你还小啊，真可爱！你以为你已经赢了？”

“难道你不认输？你好不容易从羽柴家盗来的观世音像却是一尊活观世音像！偷来的六颗宝石也已经攥在我的手中！”

“要我认输，现在还为时过早。老实告诉你，我是不会认输的！”

“那，你还想试试？”

“是的。”

话音刚落，小林脚下的木地板忽然间似乎消失了，他只觉得脚下一空，整个身体直往下坠。紧接着，眼前金星乱冒，整个身体好像被重重地猛击一掌，疼得他连五官都挤成了一团。原来他站的那块地板是个陷阱，二十面相趁他不注意扳动了机关。

小林强忍住疼痛，身体一时不能动弹，耳边传来二十面相的狂笑。

“哈哈哈……喂，孩子，一定很疼吧？真可怜啊！你最好待在下面深刻反省，你的对手究竟有什么魅力和魔力，想必你现在该清楚了吧！哈哈哈……想与我比试，你还早着呢！哈哈哈……”

七道具

二十分钟过后，小林身上的疼痛渐渐减轻，由于落地时伤到了腰，身体依然无法转动。

二十面相蹲在洞口边冷嘲热讽。待在这个鬼地方，恐怕再也无法重见天日。倘若二十面相不给吃的喝的，就只能在这里饿死。

大凡少年身处这种可怕环境，无疑会号啕大哭。可小林既没有哭也不感到绝望，更不认为已经输给了二十面相。经过一番按摩，腰痛有所缓解。他翻出挎在肩上的小包，一番翻找。

“小琵琶，你平安无事吧？”

小林一边念着奇怪的咒语，一边从上往下摸。突然，挎包微微蠕动起来。

“哦，小琵琶，你没受伤吧？只要你在这里，我一点也不感到寂寞。”

小琵琶居然还活着，小林高兴极了。他坐在黑暗里，从肩上卸下挎包，取出钢笔形状的手电筒。借助手电筒的光，拾起散落在地上的六颗宝石和手枪放入挎包，顺便核对了一下挎包里的东西。

小林平时侦探用的七个道具完好无损，个个都在。据说古时候，有一个叫武藏坊弁庆的豪杰，身上总带着七种武器，人称“弁庆七武器”。小林的侦探七道具更小巧，但作用丝毫不比“弁庆七武器”逊色。

第一，是钢笔形状的手电筒。遇上夜间搜索，照明比什么都重要。有时候，还可用作信号。

第二，是小型万能匕首。具有剪、切、锯、刺和撬等利器的功能。

第三，是非常结实的细绳梯。折叠起来只有巴掌那么大。

第四，是钢笔形状的望远镜、表和指南针。

第五，是铅笔和小笔记本。

第六，是威力巨大的微型手枪。

第七，就是任何时候都不可忘记的“小琵琶”。它此刻被手电筒的光照得眯起了眼睛，乖乖地趴在原地，原来，是一只活泼可爱的小白鸽。它平时就老老实实地待在小挎包里属于自己的小天地里，一声不吭。

“小琵琶，挤得吃不消了吧？再忍耐一下，千万别吱声。万一被那个可恶的二十面相发现，可就麻烦了！”

小林说着摸了一下小琵琶的脑袋。小琵琶咕咕地轻轻叫了两声，似乎在说明白了。小琵琶是少年侦探小林的吉祥物，只要它在身边，无论遇到什么危险都能逢凶化吉。这也许是小林的自我安慰吧。

不仅如此，这只鸽子还有重要作用。干侦探这一行，通讯和联络比什么都重要。警官身上挂满了无线通信工具，可私人侦探不可能用那些。倘若西装里藏有微型无线通信工具，倒可以神不知鬼不觉，可那玩意儿太贵了。经过深思熟虑，他想出了这种有趣的办法，即随身携带信鸽。

不管怎么说，毕竟是孩子的想法，尚欠成熟。可有时候，孩子天真的想法，往往带来出人意料的效果。

“挎包里的小琵琶，既是我的无线通信工具，又是我的飞机。”小林得意扬扬地自言自语。

七个道具清点完毕，小林把小挎包藏在衣服里，再次打开手电筒，开始探索地下室里的情况。这地下室约有三十平方米，四周是混凝土墙，好像是一个仓库。按理，应该有上到别墅底层的楼梯。可经过一番仔细寻找，墙边只有一架木梯，从地面连接到地下室的混凝土顶层，但出入口被混凝土封得严严实实。看来想要“越狱”可没那么简单。墙边有一个三条腿的长椅，上面铺着一条旧毛毯。除此之外，什么也没有了。

壮二之前肯定也被关押在这里。这把长椅就是睡觉的床。想到这里，小林对长椅产生了亲近感。他走近长椅，按了一下靠垫，再铺上毛毯。

“好吧，我也躺在这床上睡一会儿。”

少年侦探自言自语，随即躺到了长椅上。总之，所有事都得等天亮再说。在那之前，必须充分休息，养精蓄锐。

“小琵琶，你也睡一会儿吧。愿你做一个好梦。”

不一会儿，地下室就传出少年轻微的鼾声。

急中生智

小林一觉醒来的时候满脸惊愕，眼前的环境与侦探事务所的卧室截然不同。哦！他想起了昨天晚上的事情。

“我被关进了地下室，不过，这地下室也太亮了。”

煞风景的混凝土墙面和地面被光线照射得微微发亮。地下室不应该有阳光啊。小林四下打量——接近天花板的墙上，有一个小小的采光窗。小窗户约有三十厘米见方，加装了非常粗的铁栏杆，距离地下室的地面约有三米，距离窗外的地面应该没有那么远吧。

“这个小窗户也许就是我的一线生机。”

小林急忙从长椅上爬起来，走到窗下，仰望窗外的天空。

小窗户还配有玻璃，但如果把玻璃打碎大声呼救，也许外边的行人能听见。

于是，小林把长椅移到窗下，站在长椅上，将手向上伸。可无论怎么伸，手指就是够不着窗户。他想把长椅竖起来，可力气太小无法搬动，地下室里，只有这张笨重的长椅。

好不容易发现的小窗户，难道派不上用场吗？小林急中生智，想起了小包内的七个“小帮手”。他从挎包里取出细绳梯，绳梯的顶端有一个铁爪钩，他把铁爪钩攥在手里，然后朝窗上的铁栏杆扔去。连续失败三四次后，他换了个姿势，铁爪钩终于钩住了小窗上的铁栏。

绳梯长五米左右，每格间距为二十厘米，爬起来十分简便。小林的臂力和腕力虽说不能与大人相比，可爬这种细绳梯，没有人能比得上他。他抓住绳梯两侧，很快爬到顶端抓住了铁栏杆。

他仔细打量了一番，结果大失所望。每一根竖着的铁栏杆都深深插在窗台上的混凝土里，即使用万能匕首也无法拆除。

从窗户向外大声呼救恐怕也无法达到预想的效果。窗外野草茂密，是这幢楼房的院子。千疮百孔的院墙外是一望无际的野地。若是耐心等待，也许会有孩子们来这里玩耍，可呼救的声音未必能传到他们的耳朵里，相反有可能招来二十面相，那可就完了！不行，不行！

小林万分遗憾，可也不是完全没有收获。迄今为止，原来一点也不清楚这贼巢的位置。幸亏爬到小窗口向外窥视，具体方位便一清二楚。窗外，是空旷的野地。野地对面的建筑，造型特征十分明显。虽距离遥远，但小林手中的那架望远镜让他看得一清二楚。户山原上并列着好几幢钢筋混凝土结构的大型建筑，顶部呈半圆锥形——那不就是陆军射击场吗？

少年侦探喜不自禁，仔细计算贼巢与对面建筑之间的距离。尔后，爬下绳梯迅速打开挎包，取出笔记本、铅笔和指南针，一边测量方位，一边绘制草图。贼巢，在户山原北端偏西的一个角落里。辨别方位，指南针发挥了巨大作用。

草图绘制完毕，小林又看了一下手表，刚过清晨六点。仔细听了听，二十面相也许正在睡大觉。

“唉，真是遗憾，好不容易侦查清楚二十面相的贼巢及其方位，却无法使他就范……”

小林握紧小拳头，一个劲儿地叹息。

“如果能像童话里的仙女那样变小，插上翅膀从小窗口飞出去，那该有多好！飞出去以后，立即通知警视厅并给他们带路，二十面相就是插翅也难逃法网。”

他不停地思考，不断地叹气。忽然，他想出了一个绝妙的好主意。

“啊呀，我真是个大傻瓜！对我来说，报告警方不费吹灰之力。有小琵琶在身边，比飞机还要灵巧，而且不需要跑道！”

想到这里，小林神采飞扬，心跳都加速了。他用兴奋得有点颤抖的手在笔记本上绘制出贼巢所在地，并标出自己被监禁的地下室，再把那张纸撕下，折成小小的纸条。他从挎包里取出信鸽，把折叠好的小纸条用细绳绑在它脚上。

“好了，小琵琶，终于到你为侦探事业出力的时候了！打起精神，不要贪玩啊，好吗？看见了吗？就从这小窗户飞出去，快快飞到明智夫人那里去。”

小琵琶站在小林右手上，眼睛宛如天上的星星，仔细聆听着主人的指示。它似乎听懂了主人的命令，挥舞起翅膀在地下室上空来回转了两三个圈，然后敏捷地飞出小窗户朝蓝天飞去。

“哦，我放心了。十分钟后，它就能到达明智夫人那里。夫人看了我的信，一定会感到震惊。毫无疑问，她会立即打电话给东京警视厅。大约三十分钟后，警官们就能驱车赶到这里。不！可能需要四十分钟。就算用上一个小时吧。反正再过一个小时，盗贼就像瓮中之鳖，束手就擒。我呢，就可以离开这潮湿的鬼地方，回到阳光明媚的侦探事务所。”

小林仰望天空，想得入了神，就连头顶上那个出入口盖板被打开也丝毫没有察觉。

“小林君，你一个人在想什么？”

二十面相的声音让小林一个激灵。

小林抬头望去，天花板上出入口的盖板被打开了，露出二十面相那张让人厌恶的脸。头发花白，贼一般的目光正瞟着自己。

不好，难道他发现小琵琶了？小林不由得变了脸色，直愣愣地注视着二十面相。

交　易

“尊敬的小侦探，怎么样？昨晚睡得很香吧？哈哈哈……哟，小窗户那里好像垂挂着细绳梯。哈哈，原来你也带着那种绳梯，佩服，佩服！可窗户上那么粗的铁栏杆，就你那么点吃奶的劲儿能掰动吗？呆呆地看着窗户，难道还能从那里逃出去吗？唉，太可怜了！”

“哦，早上好，我可压根儿没想过要离开这里。我还真喜欢上这房间了，还打算在这里多待几天呢。”

小林不甘示弱。刚才还以为二十面相发现了小琵琶，心里紧张得不知怎么办才好。可从刚才的对话来看，他好像没有察觉，小林暗暗松了口气。

只要小琵琶一到侦探事务所，就可稳操胜券。无论二十面相怎么挖苦自己，随他的便。胜利，无疑属于自己！

“你是说住在这里好？哈哈哈……我越来越佩服你了，不愧是明智大侦探的得力助手。小林君，至少有一件事你还是应该担心的吧？肚子饿了吧？”

这家伙喋喋不休地胡说些什么呀？此刻，警方也许已经得到小琵琶的报告，正在赶往这里的途中吧？这死到临头的家伙还全然不知。小林什么也不想说，只是在心里默默祷告，希望警方快点到来。

“哈哈哈……告诉你一个好消息，我可以让你吃一顿美味的早餐，不过你得付出代价。不不不，不是钱，是你那把微型手枪。如果你老老实实地把枪交给我，我会吩咐厨房立即给你送早餐来。”

果然，这盗贼还是怕我手中的枪！

小林深信自己很快就能获救，在那之前，即便不吃早餐也没什么大不了。可为了不让对方有所察觉，还是答应的好。再说，手枪已经没有什么利用价值了。

“虽然不甘心，但也只好按你说的做。说真的，我肚子饿极了。”

小林故意装得极不甘心。

二十面相不知道小林是在演戏，当下得意扬扬。

“哈哈哈……没想到少年侦探也有饿的时候。好吧，好吧，马上给你送饭。”

二十面相一边说一边关上盖板。不一会儿，隐隐传来他命令厨师的声音。

二十分钟后，盖板再次被打开，二十面相探出脑袋。

“喂，香喷喷的饭菜给你送来了哟！不过，你得先把手枪交出来。我现在就把吊笼放下去，你把枪放在里面。”

说完，小吊笼慢悠悠地晃到地面。小林按照二十面相的指示，将手枪放在吊笼里。吊笼迅速上升，再降下来的时候，里面多了三个热气腾腾的饭团、火腿、煎鸡蛋和茶水。这对被监禁的“犯人”来说，真称得上一顿丰盛的早餐。

“好了，请用吧。只要你把代替餐费的东西如数交给我，我会给你做许多好吃的。午餐的餐费是宝石，你为了它们落到这般田地，我真为你感到伤心，真是太难为你了！每餐一颗，我就心满意足了。就算再舍不得，宝石也不能代替食物填饱肚子。也就是说，六颗宝石一颗也不能少，必须老老实实地交给我。哈哈哈……我这个宾馆老板，就是喜欢像你这样的主顾。”

这种交易让二十面相十分满意，但，宝石真能如数回到他手里吗？也许还没有如愿以偿，冰凉的手铐已经戴在他的手上了。

完璧归赵

二十面相蹲在洞口边，翻来覆去地摆弄着刚收缴来的手枪，兴奋不已——留着这小家伙，慢慢地作弄他，还真够开心的。忽然，二楼传来一阵急匆匆下楼的脚步声。他急忙转过脸，只见惊慌失措的厨师朝自己跑来。

“不好啦！……来了三辆警车，车上挤满了持枪的警官……我从二楼的窗户望过去，车已经停在大门口……来不及了，快逃吧！”

小琵琶果真出色地完成了使命，警官们来得比小林预想的还要快。在地下室听到这一消息的少年侦探高兴得差点跳起来。

警官的出现犹如神兵天降，这是二十面相始料未及的。

“什么，警察来了？快跑！”

他立即站起身来，连地下室洞口的盖板也无暇顾及，三步并作两步地朝大门仓皇逃窜。可是已经来不及了，大门口传来急促的敲门声和喊叫声。从猫眼望出去，门外站满了全副武装的警官。

“可恶！”

二十面相气急败坏，浑身哆嗦起来。他转身朝后门飞奔而去，可刚到半路，后门也传来急剧的敲门声和喊叫声。贼巢被一队队警官包围得水泄不通。

“被包围了，已经无路可走了！”

厨师满脸绝望，歇斯底里地叫嚷着。

“一楼不行了，快上二楼！”

二十面相打算藏到二楼屋顶的夹层里。

“不行不行，那里不安全。”

厨师哭丧着脸提醒道。已经管不了那么多了，二十面相一把拽住他的手，朝通向屋顶夹屋的楼梯跑去。

两人跑上楼梯后没多久，大门和后门几乎同时被撞开，几十个警官蜂拥而入。

指挥官是警视厅的中村警部。他吩咐人把守所有的要道，带领剩余的警官一个房间一个房间地依次搜查。

“在这里！这儿是地下室。”

一个警官发现了地下室的洞口，大声叫喊起来。于是，又跑过来几个警官，蹲在洞口边朝阴暗的地下室里张望。那少年，不正是小林吗？

“喂，喂，你是小林君吧？”

听到警官亲切的呼声，等待已久的小林高兴地答道。

“是的，我就是。快把木梯放下来！”

警官搜遍了所有房间，就是不见二十面相的踪影。

“小林君，你知道二十面相逃到哪里去了吗？”

费了好大劲儿才爬出地下室的小林，被中村警部一把拉住问道。

“刚才他还在洞口边挖苦我呢，不可能逃出这幢房子，肯定在二楼。”

小林话音刚落，二楼传来叫嚷声。

“快来人啊，二十面相被我抓住了！”

顺着喊声，警官们一齐朝走廊尽头的楼梯涌去，随后向二楼发起冲锋。皮靴声、喊叫声交织在一起，整个楼房都在摇曳、晃动。屋顶夹层只有一扇小窗，里面昏暗无比。

“在这里，在这里。快来帮忙！”

一个警官使劲儿把白发老人摁在地上，大声招呼赶来的同事们。那倒在地上的老人身强力壮，不易对付，似乎与骑在他身上的警官已经格斗了一番。终于，被死死摁在地上，气喘吁吁。

最先赶到的两名警官一起扭住白发老人的胳膊，将手铐戴到了他的手腕上。

白发老人被带到一楼房间，中村警部和小林已在那里等候多时。

“就是这家伙吗？”中村警部问小林。

小林点点头："是的，就是这家伙。"

"你们几个，把他押到警车里带回警视厅，可别让他跑了！"

警部发布命令。

"小林君，你立了大功！明智先生从国外回来一定会大吃一惊的。这家伙是名噪东京的二十面相！明天你的名字会出现在广播、电视和报纸上，家喻户晓。整个日本都会为你欢呼。"

中村警部握着小林的手，连声道谢。

与二十面相的智斗最终以小林的胜利告终。羽柴家的观世音像保住了，被盗走的六颗宝石也完璧归赵。二十面相一败涂地，费尽心机不但一无所获，连自己的老巢也被端了。更可悲的是，他自己也锒铛入狱。

虽然抓获二十面相，可由于高兴过分，小林忘了一件重要的事情，那就是二十面相的厨师逃之夭夭了，真是耐人寻味。倘若厨师能顺利逃走，二十面相肯定也能。也许他还藏在哪个房间里？可众多警官在中村警部的带领下，已经对所有房间全面搜查过了，加之各个要道都有警官把守，不可能有厨师逃走的间隙。

厨师去向不明，给二十面相被捕的喜讯蒙上了一层阴影。

金蝉脱壳

户山原那幢破楼房被查封两小时后，警视厅审讯室里，中村警部正在严厉地审问化装成白发老人的二十面相。

大盗双手被反铐着，可他满不在乎，叉开两腿站在审讯桌前一声不吭。

“先给你恢复本来的真面目。”

中村警部走到他身边，突然伸出手一把抓住假发套撕了下来。而后，又一把撕下满脸花白的胡须。于是，一张黝黑的脸和一对贼溜溜的眼珠暴露在审讯室的灯下。如果不使用这些化装道具，不管他走到哪里，一看就让人觉得可疑。

“喂喂，你怎么长得这么难看？”

中村警部说完，又紧紧盯着他的脸。这张奇特的脸上，额头又低又窄，眉毛散乱，小眼珠，塌鼻梁，嘴唇又宽又厚，一看就知道是个头脑愚笨的家伙。

传闻这家伙可以随心所欲地化装成各种年龄的各种人，别说一般的普通市民，就连警方也不清楚他的真正面目。话虽这么说，可眼下这副尊荣实在让人不敢恭维，难道正因为长得丑才热衷于化装？

中村警部总觉得不可思议，他紧盯着这张脸，猛然间大声喝道：“喂，这就是你的真面目吗？”

二十面相什么也不回答，只是一个劲儿地冷笑。

中村警部心头浮现出不好的预感。为了掩饰莫名的困惑，他干脆凑到大盗跟前，伸出两只手，时而拉扯眉毛，时而摁鼻子，时而拧嘴唇，像孩子在摆弄玩具似的。经过一番摆弄，证实脸上的五官都是真的，没有一点是化装的。曾扮作英俊青年羽柴壮一的二十面相竟然如此丑陋，简直太意外了！

"嗨嗨嗨……你弄得我好痒啊，快住手！"

二十面相终于开口说话了，连说话的语调似乎也是假装的。说到底，是在愚弄警官？或许是……

中村警部盯着他，难道这家伙不是二十面相本人？不！这种想法也太荒唐了。

"你是谁？你，到底是什么人？"

又是一个奇怪的突然发问。

"我叫木下虎吉，职业是厨师。"

"胡说！放老实点，这里是警视厅的审讯室。你竟敢在这个地方蒙骗警方，可知道将承担什么罪名吗？快快从实招来！二十面相是赫赫有名的大盗，说话不应该这样吞吞吐吐，你不要装疯卖傻！"

那人突然大笑起来："你说我是二十面相？哈哈哈……我真是受宠若惊！二十面相难道会像我这么丑陋吗？警部先生，你太抬举我了。说到这里，我想你应该心里明白，我究竟是否二十面相。"

中村警部一听这话，脸色骤变，勃然大怒："闭嘴！还胡说八道！放老实点，快说真话！要是耍小聪明，就走着瞧！实话告诉你，你究竟是不是二十面相，小林君已经证实过了。”

“哈哈哈……搞错了，搞错了！你们这是张冠李戴。要是将错就错，岂不成为茶余饭后的笑柄？我根本没有做过什么坏事，只是一个小小的厨师而已。什么二十面相不二十面相的，我一点儿也不清楚。十天前，我看了报上的招聘广告，上那里应聘，结果被录用了。我叫虎吉，只会烧饭烧菜。如果你们不信，请上我父母那里调查。”

“你说你没有干过坏事，那为什么要化装成白发老人？”

“到底为什么，我自己也不明白。你们敲门的时候，主人抓住我的手朝屋顶夹层跑去。夹层里有密室，里面有各种各样的化装道具，衣服、胡子、发套……主人从那里面取出一套警官制服和一顶大檐帽，化装成警官，他自己身上的老人服装却强行给我穿上。他忽然大叫‘抓住了’，然后就把我死死摁在地上。当时你的许多部下涌了进来，对我一阵拳打脚踢。我被打得连气都喘不过来，哪还有力气说话。结果，我被你们抓了起来。”

中村警部听到这里，额头上渗出了豆大的冷汗。他没有再说什么，而是按了一下桌上对讲机的开关，命令把守前门、后门和各个要道的警官立即到审讯室集合。

“逮捕这家伙的时候，有没有看见有人从屋里向外逃窜？那家伙穿的是与我们一样的警服，有谁看见过吗？”

一个警官回答：“我看见一个警官来到大门口。他命令我说，盗贼已经抓到，快上二楼帮忙！我急匆匆朝楼上跑去，可那个警官却大步朝外走去。”

“你为什么到现在才说？你看到那个警官的脸，应该能辨认出来。尽管他的穿着与我们相同，可真假警官的一般特征，你应该清楚。你这家伙，简直是个饭桶！”

中村警部火冒三丈，大发雷霆。

“当时根本没想那么多。只是那警官走起路来快步如飞，像一阵风似的走到门口。我感到蹊跷，便问他上哪里去，他说打电话，还说是警部吩咐他到警车里打电话给总部的。这种情况以前也有过，我也就没有再怀疑。而且他说二十面相已经被抓住了，还命令我上去帮忙，我也就把这事儿置于脑后，忘记向警部报告了。”

这番说辞也不是没有道理，正因为合乎一般常理，二十面相才能利用这种容易疏忽的环节逃之夭夭。

已经真相大白，站在这里的丑八怪不是什么二十面相，而是一个厨师。为了抓捕一个厨师，警方居然兴师动众，出动了几十名警官，结果上演了这么一出闹剧。中村警部满嘴苦涩，直愣愣地望着那人，不知说什么才好。

“警部先生，主人把我摁在地上的时候，还硬塞给我一样东西，并要我交给警方的负责人。”

厨师虎吉解开衣服，拿出一张被揉得乱七八糟的纸团，递到警部手里。中村警部接过信纸，铁青着脸迅速读了一遍：

请代我向小林君问好。他是一个出类拔萃的少年，而且非常可爱。可无论小林君是个多么可爱的孩子，我都不能为他牺牲自己。虽然他至今还沉浸在胜利的喜悦之中，可我为他感到羞愧、无地自容。他张冠李戴，放虎归山，这是我给他不知天高地厚的一点教训。就凭他那点稚嫩的本领，与我较量，谈何容易！我希望他就此收手为好，免得重蹈覆辙。请把我这番话转告给他。虽然这一次我与他没有真正比试，可以后还有机会。总之，后会有期。请顺便向各位警官泄露一点我的下一步行动计划。羽柴壮太郎，我总感到他有点可怜，故此不再打扰他了。说实话，他那个小小美术室收藏的东西，我并不放在眼里。您可能不清楚，我也是一个大忙人！现在，我已经发现了一个更有价值的目标。不日，我会让诸位警官惊喜一番的。在行动之前，我会抽空拜访你们的。

谨呈中村善四郎警部阁下

二十面相　敬上

二十面相与小林的智斗，最终获胜的不是小

林，而是二十面相。二十面相在信上说，他已经放弃羽柴壮太郎家珍藏的文物，并说他已经找到更有价值的目标。他指的目标，究竟是什么呢？

无风起浪

伊豆半岛修善寺温泉以南约四公里，有一条下田公路一直延伸到大山里，路边有一个名叫谷口村的偏僻山村，村外不远的森林里有一座阴森森的古怪大宅。

大宅周围是高高的土墙，墙头遍布锋利的铁蒺藜，墙内还有一条宽达四米的深沟，沟里有水，深可没人。虽然没有瞭望台，但大宅的白色外墙厚而坚固，墙上遍布密密麻麻的小窗户，宛如大仓库墙上的通风孔。

附近居民称这幢庞大的建筑物为“日下部

城”。当然，它不是真正意义上的城堡。在如此偏僻的小村庄里，理应不会有城堡之类的建筑。

那么，建造如此坚固、防卫如此森严的建筑目的何在呢？大宅里究竟住着什么人？如果在没有警察的战国时代或许还能理解，可当今社会，无论什么样的巨富，恐怕也不会住在这样的地方吧。

“那里面究竟住着什么人？”

每当外来游客问起，村民们都会千篇一律地回答：“是说那个吗？那城堡呀，住着叫日下部的主人。脑子古怪，让人捉摸不透。传说他害怕珍藏的宝物被盗，所以从不与村里的任何人交往。”

日下部家的祖祖辈辈都是当地的大地主，现在传到左门氏这一代，原来留下的大片土地也被卖得差不多了，只剩下这座大宅和藏在里面的字画。

左门老人是一个狂热的美术品收藏家，主要收藏古代的名人字画，雪舟、探幽等小学教科书上出现的大家作品，他那里也有。几百幅名字名画中的大部分都称得上国宝，每一幅都价值连城。

左门老人爱字画胜过爱自己的生命。他整天提心吊胆，担心盗贼潜入。无论白天还是夜里，最关心的就是这些名人字画。

按理说有了此等固若金汤的防护设施，老人可以吃上定心丸了，可左门老人就是放心不下。如果有人来访，他会怀疑来者是否居心不良。渐渐地，左邻右舍、亲朋好友不得不敬而远之。

日下部左门老人一年四季闭门不出，常常一幅画一幅字地欣赏，日复一日，自我陶醉。由于全身心投入收藏事业，至今没有妻室，且膝下无子。他孤身一人与画做伴，不知不觉已年过花甲。

左门老人，就是这座名字名画城堡的主人。

今天，老人像平时一样，坐在大宅深处一个酷似仓库的房间里，周围堆满字画。窗外阳光和煦，但由于窗户不但小，还都安装了铁栏杆，室内犹如牢房，阴冷，昏暗。

“老爷，请开门，有您的信。”

门外传来中年男子的声音。他是左门老人雇来的用人，与妻子住在这里。

“信？奇怪，快拿到这里来。”

不一会儿，男佣把信送来了。

左门老人接过信，看了一眼信封背面——奇怪，怎么没有寄信人的姓名？

“是谁寄来的？这笔迹很陌生，可是……”

收信人确实是“日下部左门先生”，姑且拆开看看吧。

“您怎么啦？信上大概有什么不好的消息吧？”

男佣不由得惊呼出声。只见左门老人神色大变，干瘪无须的脸上皱纹挤作一团，牙齿几乎掉光的嘴巴不停颤抖，老花眼镜后的那对小眼睛里满是不安。

“没有，根本没有那回事！跟你说你也不懂，快出去吧！”

颤抖的声音里满是怒气。虽然嘴上逞强，但那只是为了支走男佣。实际上，老人没有当场晕倒已属奇迹。对他来说，这封信的字里行间充满了恐怖：

日下部左门先生：

冒昧给您写信，还请原谅。即便没有人介

绍，想必您也清楚我是何许人也。我就是报纸上说的二十面相。我写信给您的目的很简单，即告知您我将拜领府上珍藏的名画。

十一月十五日晚上，必将登门造访。

突然提出这个要求，想必让您受惊了，故而呈信向您致歉，并以此代替通知。

二十面相　敬上

二十面相终于将视线从羽柴壮太郎家转移到了伊豆山里。自从他化装成警官逃离户山原，至今已一个多月。这段时间里他干了些什么，无人知晓。多半是寻找新巢，召集手下，策划新的阴谋吧？他转移战场，是因为意外发现深山老林里竟有一个叫日下部的美术城。

“十一月十五日，不就是今天吗？我该怎么办呢？既然被二十面相盯上了，这些名画是保不住了。那家伙是一个不可思议的大盗，警视厅也拿他没办法，当地警署这些乡下警察就更不用提了。这下算完了！如果这些宝物被盗，我也不想活了！”

左门老人猛地站起来，急得在屋里团团转。

“等等，那，那是什么……对了对了，我想起来了，我想起来了。真糊涂！怎么到现在才想到。仁慈的菩萨，您不会见死不救的！只要有他相助，我就能得救！”

老人的脸色渐渐好转，甚至还有了一丝笑容。

“喂，作藏，快过来！作藏。”

老人走出房间，一边“啪，啪，啪”地大声拍掌，一边大声嚷道。

听到喊声，男佣三步并作两步跑到老人面前。

“快，快给我把《伊豆日报》拿来！应该是前天的报纸。反正，只要是《伊豆日报》，不管哪一天都行。这样吧，给我把最近三四天的报纸拿来！要快，要快啊！”

老人大声喝道，男佣急急忙忙取来一大沓《伊豆日报》。左门老人如获至宝，一把抓过报纸，一张张快速翻阅起来。他的记性还真不赖，果然是前天十一月十三日的《伊豆日报》，广告栏刊登了这么一条消息：

私人侦探第一人明智小五郎，前段时间在国外出差，出色完成任务后回到东京。为消除旅途疲劳，现借宿于修善寺温泉富士屋旅馆。从今天开始，预定借宿四到五天。如有案件委托，请随时与富士屋旅馆总台联系。

“是他，就是他！能与二十面相匹敌的，如今只有神探明智小五郎。羽柴壮太郎家的被盗案，要不是他的助手小林出阵，后果不堪设想。我要是把他的师傅明智小五郎请来，肯定万无一失。无论花多大代价，我也要把他给请来。”

老人吩咐女佣送来出门的衣服，更衣后，快步走到收藏室里关上窗户和房门，最后上锁。他吩咐夫妇俩轮流在收藏室门口值班，一直到他回来才能离开，然后就匆匆朝富士屋旅馆走去。不用说，他是去面见明智大侦探，委托保护家中的珍宝。

这一次与二十面相较量的，不是小林，而是明智本人。大盗与神探之间的智斗，不知结果究竟如何。

绝处逢生

身穿鼠色和服的日下部老人沿着羊肠小道跌跌撞撞地到达富士屋旅馆时，已是下午一点左右。

“明智小五郎先生在吗？”

老人问道，服务员回答说，先生到旅馆后面的山涧钓鱼去了。于是，在女服务员的引导下，老人又步履蹒跚地朝山涧走去。

羊肠小道的两侧是一望无际的山白竹林，山坡陡峭，坡下山涧水声潺潺，巨大的岩石随处可见，其中一块大而平坦的岩石上，坐着一位身穿和服的男子，正在聚精会神地钓鱼。

“那位钓鱼的先生就是明智大侦探。”

女服务员告诉老人，然后沿着露出水面的岩石，跳到钓鱼男子旁边。

“明智先生，这位老先生要求见您。他说他已经走了一个多小时的路，才赶到这里。”

身穿和服的男子不耐烦地瞟了老人一眼，训斥女服务员：“说话声音轻点！鱼会逃走的！”

只见那名男子面白无须，头发蓬乱，眼神锐利，嘴唇紧抿，鼻梁高挺，与照片上的明智大侦探长得一模一样。

“这是我的名片。”左门老人递上名片，弯腰行礼，“登门拜访先生，是有事劳驾。”

明智大侦探勉强接过名片，连瞧都没瞧一眼，颇有些不耐烦：“哦，怎么回事？”

他一边说一边继续全神贯注地盯着水面的动静。

老人吩咐女服务员先回旅馆，直到背影消失后才说：“明智先生，事情是这样的。我今天收到一封信。”

说完，老人从怀里取出二十面相的预告信，递给正在钓鱼的明智大侦探。

“啊呀，鱼被你惊跑了……你一来，我简直无法钓鱼。你说什么来着？是信吗？那信，与我有什么关系？”

明智大侦探仍然爱理不理，十分傲慢。

“明智先生，您是否知道那个叫二十面相的大盗？”

左门老人也有点不高兴了。

“二十面相？你是说那个二十面相寄信给你？”

明智大侦探说这话的时候，语气很平静，两眼依然注视着平静的水面。

老人无可奈何，把二十面相的预告信从头到尾念了一遍，并详细介绍了日下部美术城的藏品清单，要求明智大侦探保驾。

“哦，您就是那古怪的美术城主人？”

明智大侦探的兴趣终于来了，他转过脸望了老人一眼。

“是的，就是我。那些古画都是稀世珍宝，可以说是我的命根子。明智先生，请帮帮我，求您了！”

“那，您要我做什么？”

“请立即到我的住所，协助我保卫美术城。”

“您报警了吗？还是先请警察保护为好，这是顺序。”

“不，我先拜托了您。我总觉得警察靠不住，还是您明智先生靠得住。当前，能与二十面相匹敌的只有您。我们这一带只有一个小警署，警力十分单薄。要请有名的警官，得等很长时间。再说二十面相预定今晚就来，已经没有多少时间了。正巧报上刊登了先生前几天光临这家温泉旅馆疗养的消息，真是天助我也！先生，我把我自己的一生都托付给您了。请无论如何帮帮我！”

左门老人双手合十，态度虔诚。

“既然您这么诚心诚意，那就先接受您的委托吧。二十面相也是我的宿敌，我也很想跟他一决高低。在此之前，必须先打电话报告当地警署。这样吧，我一到旅馆，就给警署打电话。如果需要警力，可以请警署支援两三名警官。您先回去吧，我准备一下，随后与当地警署的警官一起去您那里。”

明智大侦探开始热情起来，此时，他已经无心钓鱼了。

“谢谢，谢谢。这下我可放心了！”

老人连连鞠躬行礼。

不安的一夜

左门老人急匆匆赶回了家。三十分钟后，明智大侦探一行也到了。

一行人中，除明智大侦探身着黑色西装外，还有三个绅士风度的年轻人也身着西装。听明智大侦探介绍，他们都是当地警署派来的警官。三人分别向老人递上各自的名片，与老人寒暄了一番。

老人立即把四人请进大宅深处的收藏室，详细介绍了藏品，并逐一介绍了这些宝物的来历。

“收藏了这么多的字画，让我们大开眼界。我也非常爱好字画，平时一有空就到各地的博物馆和寺院等地参观。可一个展览室里能汇集这么多杰作，我还是第一次见到。二十面相对日下部美术城垂涎三尺也不是没有道理。即便我也流连忘返，爱不释手。”

明智大侦探赞不绝口，对每一幅字画都做了评价，说得头头是道，其水准不亚于专业评论家。左门老人不由得对他刮目相看，肃然起敬。

由于今天情况紧急，晚餐时间稍稍提前。左门老人陪同四位客人吃罢晚饭，便与明智大侦探一起商讨保卫日下部美术城的方案。

明智大侦探指示三名警官，一人把守在收藏室里，一人把守玄关，一人把守后门，并指示大家严加防守，一旦发现可疑的人或听到可疑的响动，立即吹哨通知。

警官各就各位后，明智大侦探关上收藏室的门，让老人在门外上锁。

“我决定通宵守在收藏室门前。”

明智大侦探说完，一屁股坐在门前走廊的榻榻米上。

“先生，您身体吃得消吗？让您做这样的小事，真是太委屈您了。据说二十面相擅长使用魔法，我只有劳您大驾，可心里还是有点不踏实。”

老人望了一眼明智脸上的表情，欲言又止。

“哈哈哈……不必担心。我刚才对收藏室做了详细调查，窗户上装有粗而结实的铁栏杆，室内又有一名警官站岗，唯一的出入口由我亲自把守，可以说万无一失。请回自己的卧室放心休息吧，这里，您在与不在都一样。”

可无论怎么劝说，左门老人就是不愿意离开。

“不，我必须彻夜陪您守在这里。现下是非常时刻，就是想睡也睡不着。”

说完，他也一屁股坐在地上，紧挨着明智大侦探。

“您还真有一股拼劲儿！好吧，我们就一起把守吧，我也希望身边有一个说说话的人，咱俩一边值班一边探讨字画吧。”

不愧是身经百战的大侦探，临危不惧，镇定自若，颇有大将风度。

两人谈笑风生，愉快地谈论古代字画的风格和特征。

明智大侦探滔滔不绝，口若悬河；左门老人也不甘示弱，不时插话，发表自己的观点。夜色越来越深，终于，挂钟敲响十二下，已是次日凌晨。

明智大侦探不时询问守在收藏室内的警官，以随时掌握室内的动静，室内的警官也丝毫没有倦意，每一次回答都口齿清楚，声音洪亮。

“报告大侦探，没有动静。”

……

“啊——啊——我困极了，想打个瞌睡。”

明智大侦探说完打了一个又长又响的呵欠。

“二十面相这家伙今晚不会来了。像咱们这样无懈可击的防卫措施，他就是变成幽灵也很难进来。老人家，您说呢？现在，您也抽根烟提提神吧，在国外，都抽这种高档烟。”

明智大侦探随手打开烟盒，自己抽出一根，再递给左门老人一根。

“难道真被您说中了，二十面相不会来了？”

老人心里还是不踏实。

“请放一百个心，那家伙绝不会做傻事，他知道我在这里，绝不会自投罗网。”

两人你一言我一语，又热闹了一番。当烟只剩最后一口的时候，明智大侦探又打了一个长长的哈欠。

“哎呀，好困，您先睡一会儿吧。请放心，这里不会有什么问题。我是职业侦探，只要稍有风吹草动，都逃不过我的眼睛。干我们这一行的，两只眼睛不会同时睡觉。”

话音刚落，他就靠着门扉闭上了眼睛，不一会儿就发出了轻微的鼾声。

没想到请来的专业侦探也打起盹来，老人越发焦急起来，坐也不是站也不是。他不仅没有丝毫睡意，反而更加警觉。

忽然，他似乎听见奇怪的声响。有点像耳鸣，又有点像附近森林树梢在风中摇摆时发出的声响。老人竖起耳朵仔细辨别，哦，大概是深夜的缘故吧。

渐渐的，老人脑子里一片空白，眼前朦朦胧胧，视线模糊起来。

猛的，老人惊醒了。他仿佛看见茫茫雾色里，晃过一个身着黑衣、眼露凶光的男子。

“不好！明智先生，有贼！有贼！”

老人不由得大喊起来，使劲摇晃正在熟睡的明智大侦探。

“什么事？别瞎嚷，贼在哪里呀？您可能在做梦吧？”

是梦？或许是幻觉？老人试着闭了一下眼睛，再突然睁开四处搜寻，一连反复了好几次，黑衣男子再也没有出现。

望着呼呼大睡的明智大侦探，老人心里气呼呼的，好几次想发作，却又拉不下脸面，只得作罢，再竖起耳朵辨别周围的动静。不一会儿，脑瓜里又是一片空白，眼前又跟着模糊起来。

老人不停地做着噩梦，不知过了多久，他突然睁开眼睛，满脸惊愕。强烈的阳光洒满了榻榻米走廊。天，已经大亮。

“啊呀，我也不知怎么会睡着的。关键时刻，却偏偏睡得这么熟。”

左门老人一边自责一边摇着脑袋，感到不可思议。

老人侧过脸朝身边一看，明智大侦探还在酣睡，依然保持昨晚的睡姿，鼾声如雷。

“好啦，我得救了！那二十面相果然害怕明智大侦探，不得不取消昨晚的行动。”

老人长长松了一口，轻轻唤醒明智大侦探。

“先生，醒醒，天已经大亮了。”

“哦，睡得真香啊……哈哈哈……您瞧，平安无事吧。”

他边说边伸了一下懒腰。

“在房间里站岗的警官可能也有点困了吧？天已经大亮，我看二十面相不会来了，我们就一起用早餐吧，然后请大家在我这里好好睡上一觉再回去。”

“好啊，谢谢您了。请把房门打开看一看里面的情况吧。”

明智大侦探这么一说，老人赶紧掏出钥匙开

门，可门刚一打开，他就不由得“啊呀”一声大叫起来。

“怎么啦？怎么啦？”

紧随其后的明智大侦探也不由得大吃一惊，一个箭步冲进房间。

“这，这……”

老人根本说不出话来，嘴角不停颤抖。

房间里的墙上、箱子里和展示柜里空空荡荡，名字名画全都不翼而飞了。

那个被安排在房间里把守的年轻警官躺在榻榻米上，睡得像头死猪，竟然还在打鼾。

“先，先生，字画被，被盗走了。啊，啊，我一生的心血……”

左门老人经受不住突如其来的打击，仿佛瞬间苍老了许多。他的表情变得可怕起来，发疯似的拽住明智大侦探的衣领，半晌说不出话来。

恶魔的诡计

不可能发生的事情竟然发生了！二十面相不是人，是来无影去无踪的魔鬼！梦幻一到他手里却变成了现实。

没想到，加上自己四个大男人守在这里，却还是被二十面相偷袭成功。明智大侦探大发雷霆，把正在熟睡的警官一把拽了起来。

“喂喂，你这家伙，叫你在房间里把守，却呼呼睡大觉。你睁开眼睛好好看一看，房间里的字画全被盗走了！”

那警官揉着惺忪的眼睛，好像还沉浸在甜蜜的梦里。

“嗯……嗯……被盗走什么了？啊，啊，我也不知怎的，睡得不省人事……这，这，这是哪里呀？”

“快给我打起精神！我明白了，你肯定是被人下了安眠药。快给我回忆一下，昨天晚上到底怎么回事？”

明智大侦探抓住警官的肩膀，用力摇晃起来。

“让我想想……哦，对，您是明智先生吧？这里是日下部的美术品收藏室吧？糟啦！我上当了。是的，我被下了安眠药。不！那是麻醉剂！昨晚深更半夜，有一个黑影蹿到我的身后，用一个软绵绵香喷喷的东西猛地捂住我的脸。就这样，我迷迷糊糊地倒在地上，以后就什么也不知道了。”

警官终于睁开眼睛，满脸无可奈何的表情。

“果然上了他的当！看来，在玄关和后门站岗的两个警官也有可能着了道。”

明智大侦探自言自语，随后蹿到房间外面的走廊上，飞奔起来。不一会儿，他大声嚷道：“左门先生，快来一下！快来一下！”

又发生什么事了？老人在警官的搀扶下，连滚带爬地赶到厨房。明智大侦探正站在男佣卧室门口，用手指着房间里边。

“玄关和后门的两名警官都不知去向。还有，您瞧，真可怜！这夫妇俩怎么会这样。”

房间角落的榻榻米上躺着作藏夫妇，他俩被五花大绑，嘴里还有一块大手帕。

“啊，这到底是怎么回事？明智先生，你必须向我解释清楚！”

左门老人状若疯癫地紧逼明智大侦探。这个视字画比生命还重要的老人，仿佛瞬间变成了一无所有的乞丐。他无法面对眼前发生的一切。

“我一时也说不上来。总之，事先没有料到二十面相竟有如此神奇的本领。最大的失策，是低估了他的魔力。”

“失策？什么最大的失策？明智先生，说失策两个字就能了事吗？你们敷衍了事，溜之大吉，那我怎么办？……大侦探，你被吹捧为日本著名的神探，可今天却如此无能，把我也赔了进去……”

老人越说越激动，脸涨得通红，双眼布满血丝，狠狠盯着明智大侦探的脸，眼看就要向他扑去。

明智大侦探以及身边的警官犹如战场上的残兵败将，耷拉着脑袋，眼睛望着地上，不敢正视老人愤怒的目光。突然，他抬起头，嘴角似乎还挂着一丝笑意。不，不是一丝，而是满脸得意的笑容，到最后，他竟然哈哈大笑起来。

左门老人惊呆了，明智大侦探不会受不了这巨大的刺激，精神错乱了吧？

“明智先生，您，您到底怎么啦？”

“哈哈哈……太奇怪了！著名侦探明智小五郎，简直丢尽了脸。与二十面相较量，我犹如一个孩子，根本不是他的对手。我算彻底认输了！二十面相这家伙，真了不起啊！”

明智大侦探说这番话时的表情和举止越发不正常。

“这，这，明智先生，您怎么啦？这可不是夸奖二十面相的时候。我到底做了什么孽呀！作藏夫妇俩还没有松绑，警官先生，别呆头呆脑地站在那里，快把他俩身上的绑绳解开，再取出他俩嘴里的手帕，从他俩嘴里或许能得到一点线索。”

明智大侦探对此无动于衷，警官似乎也在装聋作哑，左门老人见状着急起来，朝他俩比画起来。

“喂，听见了吗？快按照老人的命令给他俩松绑！”

明智大侦探说着，用奇怪的眼神朝警官瞟了一眼。刚才还呆若木鸡的警官突然蹿到老人背后，从怀里掏出一根粗绳，把老人绑了起来。

“这，你要干什么？啊啊，你是不是疯了？竟然把我给绑起来！你是不是听错了？我不是要你绑我，是要你给那两个躺在地上的人松绑。听见了吗？”

警官并没有停手，也根本不搭理老人那些话，一声不吭地继续捆着，直到老人被五花大绑。

“这，干什么？干什么呀？啊呀，疼，疼，疼死我了！我说了这么多疼，你偏偏还……明智先生，你笑什么？快别笑了！这家伙疯了，快命令他给我松绑。这，难道是你明智先生让他干的？”

老人越发糊涂起来。明智大侦探与警官恐怕是被突发事件弄得精神错乱了吧？要不然，他们怎么会把我这个被害人绑起来。瞧！明智大侦探还在不停地傻笑，也许他受不了二十面相的戏弄，受不了这种刺激。

“左门先生，您在喊谁呢？好像是在喊明智吧？”

明智大侦探询问老人。

“您在开什么玩笑，明智先生，怎么连自己的名字也忘了？”

“那名字是我的吗？现在，我是明智小五郎吗？”

明智大侦探一本正经起来，说话越发奇怪。

“这不是明摆着的吗？您不就是明智大侦探，开什么玩笑！”

“哈哈哈……尊敬的左门先生，开玩笑的是您自己。这里，没有明智小五郎。”

老人一听这话懵了，一时说不出话来。

“您见过明智大侦探吗？”

“没有，只见过照片。”

“照片？仅凭照片心里就有底了？您说我像照片里的那个人？”

“……”

“左门先生，您大概早已把大名鼎鼎的二十面相置于脑后了吧？您想看二十面相，就快看我！二十面相，是当今世上的化装名人！”

“那，那是，是你……”

“哈哈哈……您好像明白了吧？”

“不，不，我不可能上当！我是看报纸的。《伊豆日报》上刊登了明智小五郎来访的消息，富士屋旅馆的女服务员也介绍说，你是明智小五郎。我想她总不会认错人吧。”

“可事实上据我所知，您说的那个明智小五郎现在还没有回国呢！”

“照你这么说，报纸欺骗读者？”

“报社倒不是有意的，这只需要对社会部的某个记者略施小计。”

“那，那些警官又是怎么回事？他们绝不会上假明智侦探的当吧？”

左门老先生压根儿不相信，眼前这个男子就是那个骇人听闻的二十面相。

“哈哈哈……您还这么固执。大概我的外表不像一个十恶不赦、恶贯满盈的盗贼吧。您说那些警官？嗨，这家伙，加上守卫玄关和后门的两个，哈哈哈……他们都是我的手下，是我让他们扮演警官的。”

老人这才恍然大悟。没想到自己信赖的人不但不是明智大侦探，相反却是令人发指的二十面相，简直太可怕了！自己一向小心谨慎，没想到这次请来的竟是假明智，自己居然引狼入室……

“左门先生，昨晚的烟味道如何呀？哈哈哈……想起来了吧，那烟里放有可口的麻醉药。当您昏睡的时候，两个假警官进入收藏室，把所有的字画都搬到了卡车上，眼下已经运到了安全地点。因为您睡了一个好觉，帮了我的大忙，我还得谢谢您。您大概想知道他们是怎么进入收藏室的吧？哈哈哈……告诉您吧，这可想不出其他更好的办法，我只能从您的怀里取出钥匙，借用了一下。不过，事先没有征得您的同意，还请原谅。”

二十面相不紧不慢地向左门先生“汇报”，老人早已按捺不住心头的怒火，企图挣脱身上的绳索，与他拼个鱼死网破。

“对不起，我还有急事要办，不陪您了。那些字画，我照单全收。当然，我会妥善并且加倍保管好的。请放心，再见！”

二十面相彬彬有礼地鞠了一个九十度的躬，带着那个假警官飘然离去。

可怜的老人气得浑身发抖，却又无可奈何，悔恨交加，泪流满面。

名侦探与怪盗

日下部美术城被盗案发生后约半个月的某日午后，东京车站的月台上，一个英俊的少年夹杂在拥挤的人群中，他正是小林芳雄，明智侦探的少年助手。

小林身穿夹克衫，头戴鸭舌帽，脚穿锃亮的黑皮鞋，在站台上来回踱着步，手上握着一张卷成筒的报纸，上面有一则关于二十面相的报道。

小林来车站，是为了迎接明智小五郎先生回家。这一次，明智大侦探真的回国了。

明智大侦探应某国邀请，帮助侦破一件非常

棘手的大案。经过相当时间的侦查，案件终于真相大白，一干罪犯无一漏网。今天，明智大侦探胜利归来。

今天到车站迎接的本该有外务省大员和民间侦探团体的负责人，可明智不喜欢兴师动众，反对大张旗鼓地在车站迎接自己——干侦探这一行，最忌讳招摇过市，因而仅告诉妻子和助手小林他到达东京车站的时间。为了绝对保密，他连飞机航班也隐瞒了。按照惯例，只有小林一人迎接先生回家。

小林不时地看看手表，还有五分钟，明智先生乘坐的列车就要抵达东京车站。已有近三个月没有见到先生的小林，今天的心情异常激动。

就在这时候，一位绅士打扮的先生笑容可掬地朝小林走来。

鼠色的披风，藤制的拐杖，花白的头发，银色的胡子，圆滚滚的脸上架着一副玳瑁架眼镜。对方始终笑嘻嘻的，小林却犹豫起来——他不认识这位先生。

“如果我没有猜错的话，您是明智侦探事务所的雇员吧？”

绅士的嗓音很粗，但没有恶意。

“是的。”

望着少年诧异的神色，绅士一边点头一边继续说。

“我是外务省的，敝姓辻野。听说明智先生乘这趟列车从空港到达东京，我仅以个人名义前来迎接。见面时，顺便有一件要事相求。”

“哦，是吗？我是先生的助手，叫小林芳雄。”

小林摘下帽子弯腰行礼，辻野先生微笑着还礼。

“您的名字我早就听说了，报上还有您的照片呢，所以才能认出您来，冒昧上前来向您打招呼，请别见怪。您与二十面相的斗智斗勇简直太精彩了，如今的东京城里，谁不知道小林芳雄的大名，我家的几个孩子都是您的崇拜者，哈哈哈……”

辻野先生赞不绝口。

小林被夸得低下了头，脸也跟着红了起来。

“说起二十面相，真是太可恶了，他竟然冒用明智先生的大名。今天的报纸上说，他准备过几天袭击国立博物馆。他也太不把警方放在眼里了，我们绝不能坐视不理。为了彻底打掉他的嚣张气焰，我们都等得不耐烦了，市民们都盼着明智先生快快回来。”

“我也一样。虽说已竭尽全力，可继续与二十面相较量，实在力不从心，我也盼着先生快点回来。”

“您手上这份报纸是今天的晨刊吗？”

“是的。报上刊登了二十面相的公开预告信，预定最近几天袭击国立博物馆。”

小林一边说一边翻开社会版，让辻野先生过目。有关二十面相的公开预告信和记者评论占据了社会版的一大半。报上说，二十面相已于昨天以快件形式向国立博物馆发出了预告信，扬言国立博物馆的所有文物和美术品，从今天起都属于他，暂请博物馆保管至十二月十日，届时他将全部取走。

十二月十日，距今天还有九天。

二十面相野心勃勃，胆大包天，竟然与国家为敌。迄今为止，他洗劫的都是私人财产。但现在竟然要对国立博物馆下手，简直无法无天！

仔细想想，这种大话能成为现实吗？国立博物馆里有几十名工作人员、一二十名保安，还有警视厅长期派驻的五名警官。再说博物馆收到预告信后肯定会加强防范，二十面相一旦闯入，定将陷入层层包围之中。

二十面相想拿自己的生命开玩笑？不，也许他已经胸有成竹。

“瞧，列车来了！”

不用说，辻野先生和小林都注意到了。

站台上挤满了前来迎接亲朋好友的男女老少。随着刹车声，长龙般的车厢停在了人们的眼前。包厢门口出现了久别的明智大侦探的身影：一套黑色西装，外披黑色风衣，头戴黑色礼帽，脚下是锃亮的黑色皮鞋。他一眼认出了小林，微笑着向他招手示意。

“先生，您辛苦了！”

小林兴奋地跑上前去。

“小林君，听说你吃了不少苦。你的事迹，我在报上都看到了。总之，平安就好。”

时隔三个月，再次听到先生的声音，小林倍感亲切。辻野先生也快步上前，恭恭敬敬地递上印有外务省头衔的名片。

“是明智先生吗？初次见面，这是我的名片。听说先生坐这趟列车回家，我特地赶来迎接。因为我有一件绝密的事情要说给先生听。”

明智接过名片，若有所思地注视了两三分钟，然后望着对方愉快地说：“哦，是辻野先生吗？久仰久仰。我本打算先回家洗澡换衣服，然后就到外务省汇报。承蒙您特地到车站迎接，不胜荣幸。”

“深知您旅途十分疲劳，可我有一件要事希望能跟您说说。如果方便，附近的铁路宾馆里设有咖啡厅，能否赏光到那里喝一杯咖啡？绝不会占用您很长时间。”

“铁路宾馆吗？”

“是的，是铁路宾馆。”

明智盯着辻野的脸，露出敬佩的神情，像是喃喃自语：“嗯，没关系，没关系。那，就一起去吧。”

明智在小林身边耳语几句，然后大声命令道：

“小林君，我和这位辻野先生到铁路宾馆去去就来，你先喊一辆出租车把行李送回家去。”

“嗯，先生，那我先走了。”

小林跟在车站搬运工人的身后，很快消失了。明智和辻野先生目送小林远去，然后并肩朝铁路宾馆走去。

似乎早有预订，咖啡厅最上等的一个包房已经做好了迎宾的准备，高大的服务生早已站在包房门口，笑脸相迎。

圆桌上铺着上等丝绒台布。两人刚坐定，服务生便将咖啡和点心端来了。

“我俩要谈点私事，你先下去吧，需要服务的时候，我会按铃的。”

服务生退出后，包房里只剩下两人相向而坐。

“明智先生，我早就想拜见您，可谓望眼欲穿啊。”

辻野满脸堆笑，那双眼睛却射出极不友好的目光，紧盯着明智。

明智坐在安乐摇椅上，笑容可掬。

“我也很想见你一次。在车上还考虑过这个问题。我想，说不定在车站就能与你相遇。”

“果真名不虚传！这么说，您知道我的名字？”

辻野先生慢条斯理，语气里带着淡淡的威胁，也许是过于激动，放在扶手上的手微微颤抖。

“当我接过名片的时候，就已经察觉到你不是外务省的辻野先生。要我说出你的本名，还真有点为难，不过，报纸上都叫你二十面相吧。”

明智语气十分平静，却一语惊人。

二十面相冒险去车站迎接大侦探，而大侦探明知来者不善，却佯装不知。现在，他俩坐在包房里一起用餐。这简直是闻所未闻。

“明智先生，您跟我想象中的一模一样。从一见面观察我，到边琢磨我的来历边接受我的邀请。侦探一般是不冒这种险的，可您还是接受了我的邀请，我打心眼里高兴。您的光临，是我人生中最具价值的时刻！啊，兴奋使我的心狂跳不已。”

化装成辻野的二十面相对于明智可谓佩服得五体投地。可他毕竟是目空一切的大盗，思想上不能有半点麻痹。他的右手始终插在西装口袋里，就连喝咖啡时也用左手端杯，他那右手究竟握着什么呢？

“哈哈哈……你好像有点过于亢奋了。像这样的场面，我早就习惯了。二十面相君，我不禁对你满怀同情。你所有的精心谋划都将因为我的回国化为泡影。既然我回来了，那博物馆里的文物，请别碰它！还有伊豆左门老人家里的字画珍藏，也请别占为己有！听懂我的意思了吗？”

说完，明智一脸轻松，他深深吸了一口烟，将烟圈朝对方脸上轻轻吹去。

“那好吧，我也打开天窗说亮话。”二十面相不甘示弱，针锋相对，“博物馆里的所有文物，我照单全收。预告信上的日期，绝不更改。左门老人的字画珍藏品……哈哈哈……那，我怎么会还给他呢？明智先生，请您想一想，您也是那起案件的同案犯啊！”

“同案犯？哦，原来如此。你可真会拉人下水，哈哈哈……”

虽然彼此抱有强烈的敌意，但两人此时却有如久别重逢的老朋友谈笑风生。不过，两人脑袋里的弦依然绷得紧紧的，表面风平浪静，实则波涛暗涌。

二十面相如此胆大妄为，肯定有其不可告人的目的。之前的服务生未必不是他的手下。也许这宾馆里还有更多他安排的暗桩。

两人针锋相对，不是斗勇，而是斗智，稍有马虎松懈，瞬间就能决出胜负。两人似乎越谈越开心，不时地哈哈笑个不停，但尽管天气寒冷，二十面相的额头上居然渗出了豆大的汗珠。

欲擒故纵

既然识破了二十面相的伪装，明智本应将其捉拿归案，可他为何坐失良机呢？

其实，明智并没有把二十面相放在眼里，所以才会这样欲擒故纵。他有信心阻止二十面相染指博物馆内众多的文物珍品，左门老人珍藏的字画和其他人的许多宝物，虽被二十面相盗走，但在明智看来，二十面相的贼巢只不过是临时保管仓库。要不了多久，都将物归原主。如果现在抓住二十面相，失去头领的虾兵蟹将肯定坐地分赃，而后一哄而散，那样的话，要一一找回无疑难如登天。

所以明智认为，既然二十面相主动来车站挑战，倒不如将计就计，当面试探他的深浅。

“明智君，您想抓我，不费吹灰之力。瞧，只要按下那个铃，就可以吩咐服务生报警，哈哈哈……这种心情，您能理解吗？这可是在搏命！我现在就像站在高高的悬崖绝壁边！”

二十面相面现狂热，一边说一边眯起眼睛紧紧盯着明智的表情，纵声大笑。

明智小五郎也以笑声相迎。

“喂，你不必惊慌失措。尽管知道你是二十面相，我还是毫不犹豫地应邀到这里与你畅谈。即使现在，我也没想过要逮捕你。我只是希望能与二十面相君坐在一起聊天。要抓你，何必这么着急。今天，距你洗劫国立博物馆的日子还有九天。我倒要欣赏一下，你是如何白忙一场的。”

“哈哈，不愧是大侦探，我算服您了，可您不抓我，并不代表我不抓您。”二十面相的脸色逐渐阴沉下来，“明智君，您不害怕吗？失算了吧，难道您以为我请您来就只是为了聊天？您还真以为我毫无准备？今天您难道还准备从这里出去吗？”

“呵呵，那你说怎么办？不管你怎么说，我还是要离开这里。时间很紧，我必须从这里径直去外务省，有紧急公务在身。”

明智大侦探说完，慢吞吞地站起来，朝着与门口相反的方向走去，一直走到临街的窗前，似乎在欣赏风景，不停地打着哈欠，还不时取出手帕擦一下脸。

这时候，不知什么时候按的铃，两个服务生打扮的彪形大汉闯入房间，随手关上门。他俩走到二十面相跟前，笔直地站着听候吩咐。

“喂，喂，明智君，您好像不了解我的实力吧？”二十面相说完，转向两个彪形大汉，“跟明智先生打个招呼吧。”

话音刚落，两个大汉像两头野兽，猛地朝明智扑去。

“等一等，你们要干什么？”

明智转过身背对着窗，拉开迎战的架势。

“您还不明白？您的脚边不是有一个大皮箱

吗？那是特地为您准备的棺材。这两个小伙子要为您送行，把您装在棺材里抬走。哈哈哈……

“号称天下第一大侦探的您没有想到吧？这铁路宾馆里有好多我的手下。今天，即便您喊破喉咙也无济于事。左右两边的高级包房都被我包下了。这一切都是为了您啊！为防止陌生人突然闯入，走廊里还有我的手下在站岗。”

大侦探明知邀请是圈套，偏要飞蛾扑火，这下似乎无路可逃了。

二十面相讨厌流血，因此还不至于痛下杀手，但不管怎么说，明智可是比警察更难对付的对手，所以他吩咐手下人把明智装到大皮箱里，关到无人知晓的秘密场所，待博物馆里的宝物到手后再放他回家。

两个大汉并不说话，只是不断朝明智左右逼近。就在他俩要扑上去的时候，突然犹豫起来。原来，他俩被明智迎战的沉稳架势吓住了，不敢再向前半步。

眼下，明智毕竟面对两个年轻力壮的小伙子，再加上二十面相，对手一共三个。无论使什么招数，都难以一击制胜。名闻遐迩的大侦探，刚回国就成了大盗的俘虏，岂不贻笑天下！

在这危急关头，明智仍能临危不惧，竟然笑出了声。

“哈哈哈……”

明智坦然的笑声镇住了两个年轻力壮的盗贼。

“明智先生，别虚张声势了，有什么招数尽管使出来，是不是看到这大皮箱，害怕了？”

二十面相猜不透明智的真实意图，只是一个劲儿地出言相讥。

“失敬，失敬。你们装模作样地假戏真做，真让我受宠若惊。喂，二十面相君，你过来看一下，窗外的景色一定令你大吃一惊。”

“有什么可吃惊的景色，不就是站台的遮雨篷吗？您想转移我的视线伺机溜走？别做梦了。”

虽然嘴上这么说，二十面相还是忍不住不断朝窗外打量。

“哈哈哈……不用说，是一长排的遮雨篷。

可雨篷对面，瞧，看见了吗？那里，不是有一个人吗？”

明智一边指着一边提醒。

“雨篷对面有一个黑影，好像是个少年吧？瞧，他正在用望远镜朝我们这里眺望呢。那少年，我想你不会不认识吧？”

二十面相若有所思，不由得点点头。那少年，正是明智大侦探的少年助手小林芳雄。此刻，他正用侦探七道具之一的笔形望远镜观察包房的动静，好像是在等什么信号。

“哦，是小林那臭小子。怎么，那小家伙没有回家？”

“是的，他早已从宾馆服务总台打听到我们使用的包房位置，然后用望远镜眺望我们所在的包房观察动静。刚才，我与他分手时关照好的。”

那又怎样？二十面相没有理解其中的意思。

“站在那么远的地方，他又能怎样？”

虽然嘴上这么说，心里还是多少有点慌张起来。可他并没有感到潜在的威胁，径直朝明智逼来。

“你别忙着过来，请瞧瞧我的手，只要你们再往前一步，我手中这块手帕就会向窗外飘去。”

明智右手伸出窗外，指尖捏着一块白色的大手帕。

“这就是信号，只要手帕飘出去，那孩子就会到旁边的车站办公室打电话报警。不出五分钟，大批警察就会把铁路宾馆围得水泄不通。对付你们三个，就凭我一个人至少也能拼上五到十分钟。哈哈哈……怎么样？只要我手指一松，逮捕二十面相的精彩场面就将在上演。这里不是你的贼巢，没有警官制服可供你化装……”

二十面相看看手帕，又看看远处的少年，一番权衡之后，一改刚才强硬的态度，试探着问道：“那，如果我让您平安离开，您就保证不松开手指。这，是你我双双获得自由的交换条件。”

“是的。就像我刚才说的那样，即便现在，我也没有半点抓你归案的想法。否则，早就让小林君去报警了。”

“可我觉得您真是个怪人，为什么一定要到袭击国立博物馆的时候再抓我呢？”

“嗯，现在抓你，好像太早了点。我的目标不单单是你和左门先生的字画，得把你所有手下及所有赃物一网打尽。我这样说，你大概觉得我贪得无厌吧？哈哈哈……”

二十面相半晌没有开口。片刻，他面带微笑。

“不愧是大侦探明智小五郎！看来我别无选择，只能照您说的做了。我刚才惹您生气了，请别误会，权当是个玩笑吧。好吧，今天我俩的会谈就到这里为止，我送您到宾馆大门口。”

明智不可能听信二十面相的花言巧语，稍有粗心就会落入圈套。

“现在分手，倒也可以，可这两个跑腿的碍手碍脚，请先把他俩和走廊上站岗的爪牙赶到最里边的厨房。”

二十面相没有拒绝，立即命令他们离开，随后亲自打开通向走廊的大门。

“这样行了吧。瞧，他们几个都下楼到厨房去了。听，还有下楼梯的脚步声呢！”

明智终于离开窗前，把手帕放入口袋。铁路宾馆并没有完全被二十面相的手下占领。走廊两边的包房里好像还有客人，此刻站在包房门口的不是二十面相的手下，而是真正的服务生。

两人并肩行走在长廊里，像一对要好的朋友。电梯门口站着一个服务生。

明智若无其事地一脚跨进电梯。

“啊呀，我忘记带拐杖了，您先下去吧！”

说完，二十面相突然按了按钮关上电梯门。电梯，向下驶去。

“不对！”

明智立即警觉起来，但脸上没有一丝慌张，两眼紧盯着服务生的手。

果然不出所料，在二楼与一楼之间，电梯猛地停住了。

“怎么啦？”

“对不起，电梯升降装置好像发生了故障，请稍等片刻，故障会自动排除的。”

“干什么？你这家伙。”

明智大声呵斥，一把抓住服务生的衣领，将他拽到一边，铁钳般的大手使服务生感到了他的厉害，吓得蹲在地上。

“别装蒜！你以为我不懂驾驶电梯？”

明智按了几个按钮，电梯又启动了，根本没有故障。电梯一到底层，明智没有立即开门。服务生全身瑟瑟发抖，右手死死摁在右边口袋，好像里面有什么东西。

这可疑的动作没能逃过明智锐利的眼光。他伸出右手把服务生的手扭到背后，用左手搜索口袋。果然有东西！一张百元大钞！原来这家伙是被二十面相收买了。

二十面相买通了电梯服务生，让他耽搁明智五到十分钟，好乘坐另一部电梯迅速逃离。尽管明智多次表明不会逮捕他，可他怎么也不相信。

明智打开电梯门，敏捷地朝大门飞奔而去。果然，二十面相已经沿着大门口的台阶朝下走去。

“啊呀，失礼，失礼，电梯刚才发生了一点故障，晚来一步。”

明智一边说一边从身后拍了拍二十面相的肩膀，依然面带微笑。二十面相猛地转过脸来，尴尬地望着明智。

“哈哈哈……怎么啦，辻野先生，脸色好像有点不太对劲儿啊。对了，我这里有一张一百日元的纸币，是刚才那个电梯服务生要我还给您的，哈哈哈……”

明智大笑过后，将纸币塞到二十面相手上。

“好，再见了，但愿能再见到您。”

明智说完，既没有行礼也没有朝二十面相看一眼，迈开大步朝小林那里走去。

二十面相手握纸币，呆呆望着大侦探远去的背影，似乎蒙受了从未有过的奇耻大辱。名侦探与怪盗的初次交锋以明智的胜利告一段落。

“这笔账一定要跟你算清楚！”

他握紧拳头，朝明智远去的背影挥舞。

追捕二十面相

“啊呀，明智先生，我正要去找您，那家伙呢？”

明智离开铁路宾馆还没有五十米，突然身后有人问话，便停住了脚步。

“哦，今西君。”

他是警视厅搜查四课的警官，叫今西。

“那个自称辻野的家伙在哪儿？难道被他逃走了？”

“你怎么知道的？”

“我发现小林君在站台举止怪异，估计有情况，可一开始无论怎么问他，他都不肯说。好在最后还是让他说了实话。他说外务省的辻野邀请先生到铁路宾馆去了，并说辻野可能就是二十面相。于是，我立即打电话到外务省核实，凑巧辻野本人就在。可见，与您一起的家伙是假辻野。十万火急！我立即赶来支援。”

“辛苦你了，可那家伙已经走了。”

“怎么，逃走了？他不是二十面相？”

“是二十面相，那家伙还挺有意思的。”

“明智先生，明智先生，您开什么玩笑？明明知道他是二十面相，为什么不报警而放走他呢？”

今西君大声嚷道。

“我有我的想法。”

明智不紧不慢地答道。

“您怎么能自作主张？他是通缉犯，您是知道的！我是警察，抓罪犯是我的天职。请告诉我，他朝哪个方向走的？是坐车逃走的吧？”

今西非常气愤，堂堂的大侦探，竟放走通缉犯。

“你要追是你的自由，可为时已晚。”

“我不听您指挥！到宾馆查出车牌号后，我会报告警视厅展开全城追捕。”

“哦，你想知道车牌号，我现在就可以告诉你，是一三八八七。”

“您连车牌号都知道，为什么不马上去追？”

今西满脸狐疑，可眼下追捕罪犯要紧，他把车牌号记录在笔记本上，朝附近警署跑去。

五分钟后，东京各警署迅速派出警车拦截追捕。

“请注意，车牌号一三八八七。车里坐着二十面相，他化装成了外务省的辻野。一旦发现，立即逮捕！”

警视厅指挥室通过无线对讲机向各警署、派出所发布命令。

二十面相离开宾馆后二十分钟左右，一名交通警发现了车牌号一三八八七的轿车。他当时正在路口执勤，突然发现一辆轿车超速行驶，一看车牌，正是一三八八七。他立即喊住后面的一辆出租车，吆喝司机开足马力追赶。

“是前面那辆车！二十面相就在车里，快开！不管怎么超速都行，越快越好！”

好在出租车司机年轻气盛，开的又是新车，一路风驰电掣，犹如脱了缰的野马。

两辆飞驰的轿车一前一后，路人无不侧目。后一辆车上的警官身子探出窗外，全神贯注地盯着前方，不时大声喊叫："前面车里的是通缉犯，快拦住他！"

汽车很快离开宽阔的柏油马路，一溜烟驶入小道，车速顿时慢了下来，而后又再次驶回环线公路，朝玉马方向急驶。二十面相当然想甩掉追兵，可怎么也甩不掉，光天化日之下，即便跳车也很难溜之大吉。

驶出池袋时，前面的车忽然传出"砰"的剧烈声响。难道二十面相终于开枪了？不，不可能，这又不是枪战电影。在熙熙攘攘的闹市街上，倘若开枪，人群大乱，只会更难脱身。那是爆胎的声音。尽管硬撑着又开了一会儿，车速终于还是渐渐慢了下来。后面的出租车终于赶了上来，车身一横，堵住了去路。

两辆车停在路中央，周围是黑压压的人群。附近的警察也迅速赶到了现场。

“二十面相，二十面相！”

人群中有人大声喊道。

附近警署的两名警官和乘出租车追来的年轻交警迅速将其扭获。此刻，二十面相已失去抵抗的力量。

“二十面相抓住了！”

“什么，作恶多端的二十面相就是他吗？”

“那年轻警官真了不起！”

“警察万岁！”

人群中你一言我一语，煞是热闹。警官押着二十面相上了车，朝警视厅方向驶去。像二十面相这种大案通缉犯，最好别留在当地警署耽误时间，尽快送警视厅才是上策。

得知这一消息后，警视厅的警官们兴奋不已，奔走相告。最近缠绕在心头的忧虑和烦恼总算消失殆尽，大家欢呼雀跃，感谢今西的及时报告，感谢年轻警官的奋不顾身，两位英雄很快便在警察系统成了新闻人物。

最高兴的莫过于中村警部。之前在羽柴家搜索时，由于看守大门的警官粗心大意，放跑了二十面相，中村警部一直对此耿耿于怀。

审讯室里随即开始了对二十面相的审问。二十面相是易容高手，究竟长得什么模样，谁都不清楚，为了验明正身，必须找到证人。

中村警部打电话到明智侦探事务所，不巧明智小五郎去外务省了，于是只好请小林来警视厅跑一趟。

很快，小林出现在审讯室里。他向警方证实，这家伙就是东京车站站台上的那个人，就是他化装成了外务省的辻野。

故技重施

“是他，肯定是他。”

小林斩钉截铁。

“哈哈哈……怎么样，你还是逃不过孩子的眼力吧。这回你无论如何也逃不掉了，你就是二十面相！”

心腹大患终于捉拿归案了，中村警部高兴得简直合不拢嘴，以胜利者的眼光狠狠盯着二十面相。

“你们弄错了，我不是你们说的那个人啊。那个可恶的家伙……怎么，他就是臭名昭著二十面相？我一点也不知道啊。”

审讯室里，化装成绅士的盗贼，矢口否认自己是二十面相。

“你说什么？你刚才说什么？”

“被你们这么一说，我越来越糊涂了。那家伙化装成我的模样，把我当作他的替身。”

“喂喂，别装糊涂！不管你怎么抵赖，我们是不会上当的。”

“不，不，不是那回事，请你们耐心点，听完我的解释后再说行吗？我就是我，根本不是二十面相。”

绅士一边说一边仿佛想起了什么，随手从口袋里掏出名片盒，从中取出一张名片，上面印有“松下庄兵卫”和详细住址。

“我叫松下，由于生意失败失业在家，独自一人居住。昨天，我在家闲着无聊，去日比谷公园闲逛，认识了一个公司职员。那家伙告诉我，有一个赚钱的好机会。他让我自己租车，说只要驾车在东京城里逛一天，报酬十万日元。租车费和保险费，都由他支付。这对我来说可不是个小数目。他还对我说，虽然是驾车逛街，也不是什么无所事事。有关注意事项他又啰啰唆唆说了许多。我呢，只想得到那笔钱，并不想卷入任何是非，于是告诉他不需要告诉我什么内情并立刻答应了下来。

“今天上午，我驾车到铁路宾馆，还在宾馆里美美地吃了一顿午餐，然后就按照吩咐把车停在门口待命。大约过了三十分钟，一个男人从铁路宾馆出来，打开车门坐了进来。我回头一看，吓了一跳。那家伙从头到脚的所有打扮，以及五官特征与我一模一样。西装、风衣，还有那根拐杖，一模一样。我当时就愣住了。那家伙刚一上车，马上又打开另一侧车门扬长而去。

“也就是说，那个跟我一模一样的家伙只不过‘穿车而过’罢了。临走时还对我说：‘喂，马上出发，不管到哪里都行，但一定要快。’说完，他朝铁路宾馆对面的一家美容店走去，很快消失了。

“我虽觉得奇怪，可拿了别人的钱总得为别人做事，于是立即发动引擎，全速行驶……具体路线不记得了……当我开到早稻田大学后的那条路时，忽然发现有一辆车在追我。我顿时慌张起来，是不是刚才在路上闯了祸？虽说那不是警车，可一旦让它追上把我拽到派出所，十万日元可就泡汤了！于是，我不管三七二十一，只想甩掉它。

“事到如今，我也不想说什么了。为了十万日元，上了二十面相的当，当了他的替身。不不，不是我充当他的替身。我现在这身装束和长相，是真正的我，是那家伙模仿我现在的这身打扮和这般长相。我有证件，请你们认真检查！我是松下庄兵卫，是真的松下庄兵卫！而那家伙是假松下庄兵卫！现在，你们可以清楚了吧？”

松下说完，用力拽自己的头发，捏自己的脸，以证实自己没有戴假发套，脸上没有化装道具。

究竟是怎么啦？中村警部恼羞成怒，没想到又被二十面相耍了。

审讯室里的这番对话传开后，警官们惊愕无语，面面相觑。

接到警视厅的传讯，租借给松下宿舍的公寓业主急忙赶到审讯室，他向中村警部证实，审讯室里的确是松下本人。

二十面相为了在东京诱骗明智小五郎，计划十分周密。先让手下混入铁路宾馆担任服务生，再收买电梯服务生，直至雇佣松下庄兵卫……

说到替身，二十面相根本不需要到处找跟自己相似的人，他只需要随便找一个人，再化装成那人的模样就行了，这对他简直易如反掌。对象是谁，根本不重要，只要是个容易就范的老实人就可以了。

如此说来，松下这个失业绅士真是个完美的人选啊。

新人入伙

明智小五郎家住麻布龙土町闹中取静的住宅街。家里除大侦探与其年轻美貌的夫人外，还有助手小林和一个男佣，生活非常简朴。

明智离开外务省后，又走访了另一个朋友，回家时已是傍晚时分，恰巧小林也从警视厅回来，他立即到二楼书房向明智报告二十面相扮演他人以及逃之夭夭的情况。

“原来是这样啊，中村警部肯定恼羞成怒，大发雷霆。”

大侦探连连苦笑。

“先生，我也不明白。”在侦查过程中，凡是不明白的地方，小林一定要第一时间向先生请教，“我明白先生故意放走二十面相的用意，可为什么不让我跟踪他？不管怎么说，也应该掌握他贼巢的位置呀！”

听小林说完，明智满脸微笑，他站起身走到窗前，朝小林招了招手。

“那根本不是什么难事，二十面相会自己告诉我的。在铁路宾馆咖啡厅里，我已经让他无地自容。明明能够手到擒来，却仍任由他离开，这对他来说是多么大的羞辱，简直难以想象。光凭这一点，就足以使二十面相恨我入骨。而且我从国外回来，对他是致命的威胁。他非常清楚，我的存在将给他的计划带来许多意想不到的麻烦，因此他一定会千方百计地除掉我。你瞧一下窗外，看到没有，街对面有一个连环画摊。像我们这种偏僻、寂静的街上，不可能有生意，可摊主一直守在那儿。”

被先生这么一说，小林赶紧瞪大眼睛，果然，街对面的人行道上有一个连环画摊，摊主装模作样地东张西望。

“那人是二十面相的手下？是来监视我们的？”

“是的，只要跟着这家伙，自然就可以找到二十面相的藏身之处。”

“那，我化装一下跟踪他吧。”

小林性急起来。

“不，我另有计划。我已经考虑过，这伙肯定警惕性非常高，一般化装跟踪是不行的。小林，明天我的穿戴可能要发生一些变化，千万别大惊小怪。即便我遇到什么危险，也只不过是一种策略，千万别担心。”

明智神色镇定，从容不迫，但小林仍不免为先生担忧起来。

“先生，到底是什么危险？还是让我来吧！”

“谢谢。”明智把手搭在小林的肩头，“那角色是你不能胜任的。总之，请相信我，你也知道，我从没有过失误。请别担心。”

第二天傍晚，明智家对面的人行道上，就在昨天连环画摊的位置坐着一个乞丐。只要有行人经过，他就嘴里念念有词，弯腰行礼。乞丐手上满是污垢，头上包着一块破布，身上穿着满是洞眼的破衣服。屁股下垫着一张破草席，全身上下冻得直打哆嗦。但行人一旦离开，乞丐立即就像变了一个人，原本耷拉的脑袋马上抬了起来，锐利的目光透过蓬乱的头发不断打量明智家。

这天上午，明智不知出门上哪里去了，回家后足足三个小时，他一直坐在面对人行道的二楼书房写字台前，不停地写着什么。明智的一举一动被乞丐看了个一清二楚。直到傍晚，乞丐一直坐在冰冷的地面上，明智也一直伏案疾书。

整个下午，明智家没有一个客人来访，直到傍晚，来了一个怪人。那人一头乱蓬蓬的长发，整张脸都被挡住了；身上是沾满污垢的西装，还戴着一顶破旧的鸭舌帽。是流浪汉，还是无业游民？总之让人心生反感。

那家伙一到门前就大叫大嚷：“喂，明智，你可能把我忘啦，可我是不会忘了你的。我是来道谢的，快开门，让我进屋向你和夫人当面表示谢意。

请放心，我没有什么其他用意。喂，听见了吗？快开门，我要进来！”

听声音，好像明智已走出房门与那家伙见面，可没有听见明智的声音，只有那人嚷个不停。

这时，街对面的乞丐不动声色地爬了起来，一番张望后穿过马路，蹑走蹑脚地躲到电线杆后边窥视。

明智就站在门口，那人一边挥舞拳头，一边喋喋不休。

明智一直沉着应对，可那人越骂越难听，明智似乎终于按捺不住了。

“混蛋！我跟你无话可说，还不快滚！”

话音刚落，明智一脚踢在那人身上。那人被踢得一个趔趄，但很快稳住了身形，随后便猛扑过去。于是，两人扭打起来。

明智可是柔道三段，那人无论如何不是他的对手。不一会儿，那人的两只手就都被明智扭到了背后。明智朝他屁股蹬了一脚，只见他朝前踉踉跄跄跑了几步，摔了一个狗啃屎，半晌爬不起来。又过了一会儿，他咬紧牙关挣扎着爬了起来，这时房门已经紧闭，再也不见明智的身影。

那人跌跌撞撞走到门前，使劲捶打房门，可里面上了锁，无论怎么敲门谩骂，明智就是不开门。

“可恶，你给老子记住！我绝不会放过你的。”

那人终于死了心，骂骂咧咧离开了。

一直躲在电线杆背后窥视的乞丐见那人离开便跟了上去，一前一后大约走了五分钟，乞丐见离开明智家已有一段距离，便大声招呼：“喂，大哥。”

“叫我吗？”

那人吃了一惊，转过身来。呸！喊自己大哥的竟是个满身污垢的乞丐。

“叫什么，想要钱？我也是个穷光蛋，缠着我也白搭！”

那人说完就想走。

“不，不是问你要钱。有件事想打听一下。”

“什么？”

“实话告诉你吧，我这身打扮是假的。我并不是什么乞丐，是二十面相手下，我一直在监视明智。看你刚才那样，跟明智有什么仇吧？”

“当然，我是因为他才入狱的，昨天才出来。从入狱的那天起，我就一直盘算，总有一天要报这个仇。”

那人说完，双拳紧握，满脸怒气。

“你叫什么名字？”

“赤井寅三。”

“你是哪一路的？头领呢？”

“你说头领，我没有，单干。”

“原来如此。”

乞丐思忖片刻，突然问道：“你知道二十面相吗？”

“听说过，他智勇双全，是一个非常了不起的人物。”

“岂止智勇双全，他还会魔法！这一次，他准备把博物馆洗劫一空。可是，不除掉明智那混蛋，计划难以成功。明智小五郎，是二十面相的死对头。你与明智有仇，就可算作我们这一头的。怎么样，愿意到二十面相手下大干一番吗？这样你就可以报仇雪恨了。”

赤井寅三听完，盯着乞丐想了片刻，最后，他“啪”地拍了一下手掌：“好，我愿意。你什么时候带我去拜见二十面相？”

“好，我带你去。你与明智有如此仇恨，二十面相一定会收留你的。不过作为见面礼，你必须去完成一个任务。我们的计划是绑架明智小五郎。”

乞丐一边环视四周，一边压低嗓门说。

身陷囹圄

“什么，你说什么？绑架那个混蛋？太好了，算我一个，什么时候动手？”

赤井寅三兴冲冲地问。

“今晚。”

“什么，什么，今天晚上就动手？太好了！你说说，怎么绑架他？”

“二十面相早就策划好了。他的手下里有一个美女，由她扮演年轻妻子，编造一个明智拿手的案件，上门委托。只要明智上钩，就马上让他坐上准备好的车去她家调查。当然，司机也是我们的人。

明智这混蛋，越复杂的案子越喜欢。加之委托人是个弱女子，容易使他上钩。

“我们呢，先到前面的青山墓地埋伏，等那辆载有明智的车驶来。车一开到事先约定的地点，司机就立即停车。我俩便左右夹击，打开车门把他死死摁住，然后把他迷倒，麻醉剂我已经准备好了。还有两支手枪以防万一。本来是另外一个家伙跟我一起干这一票，不过，那家伙跟明智无冤无仇，所以一定很乐意把这个机会让给你。瞧，这就是枪。”

乞丐说完，从破衣袋里掏出一支枪递给赤井。

“这玩意儿我从来没用过。”

“枪里没有子弹，你只要做做样子就可以了。二十面相最讨厌杀人，手枪只不过是用来吓唬人的。”

一听说枪里没有子弹，赤井满脸不高兴。

“那，是不是马上就出发到青山墓地去？”赤井已经等不及了。

“不，还早呢，约好了晚上七点半，还有两个多小时。我们先找个地方吃饭，吃完再去也不迟。”

乞丐边说边放下挎在肩上的肮脏包袱，取出干净衣服换上，还戴上了一块手表。

两人在附近一家快餐店吃完饭后，朝青山墓地走去。此时，夜色已经降临，只有几盏路灯，到处昏昏沉沉的。两人来到墓地中最偏僻的小路上，找到二十面相指定的位置后静待汽车到来。

“太慢了，再这样等下去，我就要冻死了。”

“别急，差不多到时间了。已经七点二十分了，距离预定时间还有十分钟，沉住气，马上就要到了。”

两人又等了一会儿，果然，隐约出现了汽车的灯光。

“喂，来了！没错，就是那辆车。”

汽车果然停在了两人埋伏的路边。

“上！”

两人几乎同时从黑暗里蹿出。

“你到那边去！”

“好！”

两条黑影打开左右车门，用枪对准了后排乘客的脑袋。与此同时，年轻女子也掏出了手枪。就连司机也转过身，手上竟也有一把冷光森然的手枪。四个黑洞洞的枪口对准了同一个目标。

那目标当然就是明智。他中计了，竟然钻进了二十面相的口袋。

“别动！动就开枪打死你！”

其中一个歹徒大喝。

明智没有惊慌失措，也没有反抗。盗贼们见他毫无反抗的迹象，更加肆无忌惮。

“动手！”

嗓音很低，可十分威严。乞丐和赤井一左一右钻进车里，赤井把明智死死摁在座位上，乞丐则从口袋里取出一团白布捂住了明智的口鼻，那上面沾有大量麻醉剂。

五分钟不到，明智已经瘫软在座位上，失去了知觉。

“呵，大侦探怎么也这么弱不禁风啊。”年轻女子娇嗔道。

“喂，绳子呢？快把绳子拿来！”

乞丐从司机手上接过绳子，与赤井一起把明智绑了个结结实实。

“这下好了，就算醒过来也动弹不了了。二十面相还在等我们呢，快开车吧。”

他们把五花大绑的明智塞进座位底下，乞丐和赤井坐进后排，直奔二十面相的大本营。

深入虎穴

载着年轻女子、乞丐、赤井和明智的汽车驶过一条又一条寂静的小巷，最后经过代代木明治神宫前，驶入伸手不见五指的杂树林，停在一处独栋大宅前。

这是一处中产阶层的住宅，门柱上挂有“北十郎”的门牌。没有灯火，也许屋子的主人已经睡了。

司机最先下车，按了门铃。门边的小窗开了，露出一双警惕的眼睛，借着门前昏暗的灯光打量了好一阵子。

“哦，是你们。怎么样，一切顺利吗？”

“嗯，非常顺利，快开门。”

司机话音刚落，门“吱”的一声开了，门内站着好几个身穿黑色西装的彪形大汉，警觉地望着门外。

乞丐和赤井一头一脚抱着昏睡的明智，那个年轻女子也在一边帮忙，待他们进来，门又像之前一样紧紧关上了。

司机没有跟着进来，他重又坐进驾驶室，发动引擎后消失在了夜色中。

三人抱着明智来到玄关，突然间灯火通明，一直在黑暗里行动的他们顿感刺目，不由得眯起了眼睛。初来乍到的赤井吓了一跳。就在这时候，不知从哪里传来男人的声音。看不见人影，只听见声音在空中回荡。

“好像多了一个人，那家伙是谁？”

那声音怎么听都不像是人发出的，赤井不由得心下骇然，不停地四下张望。

乞丐走到玄关柱子旁边，把嘴凑上去说：“是一个新朋友。他跟明智有仇，请相信他。”

瞧那模样，似乎在通电话。

“原来是这样，那就请进吧。”

那声音再次响起。话音刚落，房门悄无声息地开了，好像安装了某种自动装置。

“哈哈哈……吓着了吧？我刚才在和二十面相说话，他就在里面。为了不让别人看见，这柱子背后安装了扩音器和麦克风。二十面相实在考虑得十分周全。”

“可他怎么会知道我在这里？”赤井疑惑不解。

“哦，他也是刚才知道的。”

乞丐没有继续往下说，抱着明智往屋里走，赤井也只好抱着明智的两条腿跟着走了进去。客厅里站着一个彪形大汉，他看了一眼乞丐、赤井和那个女子，微笑着点了点头。

三人抱着明智来到最里面的一个房间，这房间大约三十平方米，里面空无一人。乞丐努了努嘴，那女子立即走到壁龛跟前，把手伸到壁龛右边的柱子后。

“咔嚓”一声闷响，房间中央一张三平方米左右的席子掉了下去，现出一个长方形的暗门。

“喂，走这边的楼梯下去。”

赤井朝里面看了一眼，好像有木楼梯。

想得真周到。即便突破层层关卡，只要不知道这个机关，根本就想不到二十面相躲在哪里。

“你发什么呆啊，动作快点。”

三人抱着明智走下楼梯，只听“啪”的一声，暗门又关上了。

楼梯尽头还不是二十面相的房间。三个人借助昏暗的灯光，沿着混凝土走廊走出几步，面前又出现了一道结实的铁门。

乞丐以特别的节奏敲着铁门，似乎是暗号。铁门从里面打开了，里面灯火通明，出现在眼前的是一间装饰考究的西式房间。房间正中有一张大安乐椅，安乐椅上坐着一个三十多岁的西装绅士，满脸笑意——正是二十面相本人。只见此人发型讲究，胡子刮得干干净净。当然，这究竟是不是乔装，谁也不清楚。

“干得好，干得好，你们立下大功一件。”

二十面相见三人抓来明智小五郎，十分满意。在他看来，只要把明智关在这里，就再也没有人能够对他的计划构成威胁了。

可怜的明智被五花大绑，丢在地上，赤井犹不解气，又狠狠踢了几脚。

“你与这家伙积怨这么深啊，果然跟我们是一路人。好了好了，差不多就得了。即便是敌人，也要适可而止。毕竟这家伙可是著名的大侦探，不能那么粗暴地对待他。快解开绑绳，让他躺到长椅上。”

几个手下只得听命行事。大概是药力未退，明智仍旧昏迷不醒，一动不动。

乞丐向二十面相详细报告了如何结识赤井寅三，以及绑架明智的整个过程。

“好，干得好！赤井君非常出色，并且与明智有仇，我就是喜欢这样的人。”

二十面相面显然心情极佳，毕竟明智已沦为他的阶下囚，最大的障碍已经扫除。

随后赤井正式入伙，甚至举行了一个郑重的仪式。仪式一结束，赤井就提出一连串问题。

“这个宅子简直太惊人了，就算被警察包围也不必害怕。可我还是不明白，刚才我们在玄关的时候，我们看不见您，您却能清楚地看见我们，这是怎么回事？”

“哈哈哈……这个嘛，瞧，你看看这个。”

二十面相指着天花板一角垂下的烟囱模样的东西。赤井走到跟前，把眼睛凑到“烟囱”末端——这竟是一架望远镜，从玄关到院子门口，一切情况尽收眼底。

“这跟潜水艇上的潜望镜是一样的原理，当然喽，这个要更复杂些。”

难怪整个宅子需要那么强烈的灯光照明。

“你刚才看到的只是一小部分机关。这里是我真正的大本营。虽然在其他地方还有几处秘密基地，只不过都是临时的。所谓狡兔三窟嘛。”

“来，我带你参观一下我的收藏室。”

二十面相越说越兴奋，滔滔不绝起来。他背后有一个银行保险库模样的装置，紧闭的两扇铁门上有很多复杂的机械装置。

“这门后还有许多房间呢，哈哈哈……没想到吧，地下室比地上建筑面积要大好几倍。每一个房间都摆满了我的战利品，以后一定让你大开眼界。这边的几个空房间，几天后就会摆满国立博物馆的宝物了。这几天报纸你大概也看了吧，哈哈哈……”

少年侦探团闪亮登场

次日早晨，明智没有回家，也没有他的任何消息，家里乱成了一团。

与明智一起外出的是一名年轻女子，是某案件的委托人，找到她留下的地址才发现这根本就是个假地址。看来，这是二十面相设下的圈套。

各大晚报竞相刊登了明智大侦探失踪的消息——大侦探明智小五郎遭到绑架下落不明，还配上了明智的照片。电台和电视台也不甘人后，添油加醋地大肆报道。

明智大侦探下落不明的消息一经传出，整个东京上空犹如乌云密布，人心惶惶。

明智大侦探的少年助手小林芳雄又是懊恼又是后悔。那天，他一直在等先生回家，可一直到次日早晨，还是不见人影。来自警方的消息说，先生遭二十面相绑架下落不明。新闻媒体也做了长篇报道。小林担心的，不仅仅是先生的名誉，更重要的是先生的安全。除极力使自己镇静以外，还必须安慰先生的夫人。好在夫人不愧是大侦探的妻子，非常坚强，虽然心急如焚，可为了稳定大家的情绪，仍强颜欢笑。只是这反而让小林心里更加难受。

“夫人，先生不会有事的，他怎么会败给二十面相呢？我想，巧设圈套的应该是先生。为了保密，他连我们也没说。我估计先生的计划需要一定时间，所以回家迟了。”

小林东拉西扯地找了许多理由安慰明智夫人，可连他自己也没有什么信心。事实上，越是安慰夫人，他自己心里越是着急，也就越发语无伦次起来。

前天，二十面相的手下化装成连环画摊贩来刺探情况，昨天是那个乞丐，今天会不会也有什么可疑人物来监视呢？那样的话，就可以尾随他找到二十面相的贼巢了。可小林等了一整天也没有再见到那样的家伙……他们肯定绑架了先生，所以没有必要再多此一举了。

在这种焦急而又紧张不安的氛围中，小林又度过了一个不眠之夜。

第三天是星期日，明智夫人与小林刚吃完早餐，院子大门猛地被人被推开了："对不起，小林君在家吗？我是羽柴壮二。"

小林连忙上前迎接，来者果然是壮二，稚气未脱的脸上满是汗珠，他一路急匆匆跑得上气不接下气。

"哦，壮二，欢迎，欢迎。快请进来。"

小林把小自己两岁的壮二引进会客室。

"你大概有什么急事吧？"

"小林君，看来明智先生的情况不妙呀，至今还没有任何消息。我有一个提案，想跟你商量一下。上次我家的那起案件被你化解后，我打心底佩服你。说实话，我也想干你这一行。我把你的壮举讲给同学们听，他们也想成为侦探。我挑选了十多个人，组成了少年侦探团。当然，我们不会影响功课。我父亲也说，只要不荒废学业，你们就大胆干吧！今天是周末，大伙儿都有空，我把他们全都带来了，希望你和大家见个面。我们大家一致同意推举你为团长，发挥少年侦探团的力量，找到明智先生。”

壮二一口气说完，满脸希冀地望着小林，等待他的回答。

“谢谢。”

小林激动得热泪盈眶，紧紧握住壮二的手。

“你们的好意，如果明智先生能听到该有多高兴呵！谢谢你们侦探团大力支持我，我们团结一致，无论如何也要找到先生的下落。不过，你们的情况与我有所不同。我跟着先生专干这一行。你们还要读书，这只能是业余爱好。尤其危险的事，我可不能让你们干。一旦遇上什么危险，我怎么向你们的父母交代？

“我刚才考虑了一下，这次我制定的侦探方案没有丝毫危险。你知道什么叫‘查访’吗？就是走访大街小巷，向大人们打听情况。把这些查访内容汇合分析，就一定能找到线索。记住！不管什么细小的线索，都要一个不漏地记录下来。而且做这项工作，比起大人，小孩更有优势，人们是不会特意提防孩子的。

“前天晚上诱骗先生外出的那个女人的相貌衣着我都清楚，那辆小轿车驶出的方向我也知道。我们只要沿着那个方向一路查访，肯定能打听到情况。小饭店、杂货店、水果店什么的，即便小不点儿的伙计，也别漏过向他们打听。邮递员啦，沿途玩耍的小孩啦，都是我们查访的对象。一路上岔路会很多，如果一个人查访需要很长时间，现在侦探团有十多个人，分头查访，一定能更快找到线索。”

“好，就这么办。那么，我现在就把少年侦探团的全体成员集合到院子里来。”

“好，我也去。”

征得明智夫人的许可，壮二三步并作两步朝大门外跑去。不一会儿，十多个少年侦探团成员就在院子里集合完毕了。清一色的五六年级学生，身体健康，机灵聪明。

在壮二的介绍下，小林站在台阶上同大家打了招呼，随即把查访要点和相互间的联络暗号一一做了详细介绍。

大家一致推选小林担任少年侦探团团长，高举双手欢呼起来："小林团长万岁！"

"好，现在就出发！"

在小林团长的带领下，十多个少年侦探消失在明智家门前的大街上。

不翼而飞

少年侦探团的查访工作从星期日一直延续到星期三。除星期日全天外，都是利用放学后的时间。尽管大家不辞辛劳，费尽口舌，可一点线索也没有发现。

明智大侦探下落不明的状况一直持续着，眼看十二月十日一天天逼近，警视厅上下犹如热锅上的蚂蚁。国立博物馆内陈列的所有物品都是国家重点保护的文物，一旦二十面相得手，后果不堪设想。搜查课长与负责该案的中村警部焦急不安，日渐消瘦。

十二月八日，距离二十面相预告洗劫国立博物馆的日子只有两天了，《东京每日新闻》的社会版竟然整版刊登了二十面相的来稿，一时间再次满城风雨。

当然，《东京每日新闻》不可能对二十面相言听计从，但接到二十面相本人的亲自投稿，报社自然格外重视，立即召开专门会议，最终还是决定全文发表。

文章很长，只能简单扼要地说一下大致意思：

之前已经预先通知国立博物馆，将于十二月十日拜取馆内全部文物。一言既出驷马难追，我绝不食言。在此，我再次郑重通知东京全体市民，拜取时间，定为十二月十日下午四时。

希望博物馆长和警视总监严加防范。

这家伙口出狂言，简直疯了！他不仅告知日期和具体时间，还直接挑衅博物馆长和警视总监。看了这则报道，市民们更是忧心忡忡。一些原以为二十面相是在开玩笑的人，也开始神色紧张起来。

国立博物馆的馆长是史学界的老前辈、赫赫有名的北小路博士。这位闻名天下的老学者近来心惊胆战，甚至患上了神经衰弱症。前几天，他特地拜访警视厅，就有关如何戒备的问题，与警视总监研究讨论了很长时间。

不仅如此，二十面相的预告信还惊动了日本政府。内阁总理大臣一连召开了好几次内阁会议，制定对策。总理大臣与法务大臣还多次召见警视总监，为他打气。

终于，东京有史以来最紧张不安的日子——十二月十日到了。

当天，博物馆大门紧闭，谢绝参观。在馆长北小路博士的亲自带领下，所有工作人员全体出动，各司其职。警视厅派出五十名警官，由中村警部带队，把守博物馆的大门、后门、围墙四周以及馆内的各个要道和展馆门口。荷枪实弹，如临大敌。

下午三点半，离预定时间还有三十分钟。博物馆内显得格外安静。

正在这时候，门口驶来东京警视厅的大型豪华轿车。警视总监带领一众警方大员出现在了博物馆门口。他在办公室实在坐立难安，最终决定亲临第一线。

警视总监一行认真视察了所有保卫部署，最后到馆长室与北小路博士会面。

“没想到警视总监大驾光临，有失远迎，请海涵。”博士赶忙起身行礼。

“哪里哪里，办公室怎么也坐不住。为了抓住二十面相，避免国宝被盗，我这个警视总监也不得不深入第一线。只因我们警方办案不力，才会有今天这样的尴尬局面，惭愧惭愧！这也是我自担任警视总监以来最大的耻辱。”

“哈哈哈……”博士有气无力地笑了起来，“我也一样。我已有一周没有好好地睡过觉了，这不，还得了神经衰弱症。”

“只剩下二十分钟了。难道二十面相竟然能在这二十分钟里突破如此森严的警戒，将博物馆内所有的宝物取走？不管他有什么魔法，也不太可能吧。”

“这我就不知道喽，我不清楚什么魔法，只希望时钟赶快敲响。”

馆长办公室就此陷入沉默。北小路博士、警视总监和刑事部长三双眼睛不约而同地盯着墙上的挂钟。

又过了十几分钟，刑事部长突然开口道：“明智君究竟在干什么呀？竟然会被绑架。我总觉得不可思议，他从来没像这样失过手啊。”

警视总监转过健硕的身躯，看了一眼自己的得力手下。

“你们张口明智君，闭口明智君，把明智小五郎几乎捧上了天。这种做法，我不赞成。不管他怎么了不起，也只不过是一个私人侦探而已。他到底有多大能耐？听说他扬言自己一个人就可以抓住二十面相，未免太狂妄自大了！这次的失败对他来说正是最好的教训！”

“可以以往的经验来看，事情恐怕还有转机。

我刚才与中村警部谈话时，他也说如果这时候有明智君在就好了！”

刑事部长话音未落，馆长办公室的门开了，门口站着一个人。

“明智小五郎听候吩咐。”那人面带笑容。

“喂，明智君，是你！”刑事部长从椅子上跳起来，大声嚷道。

此人正是明智小五郎，仍旧一身黑色西装。

“明智君，你怎么……”

“您要问什么，以后再说。现在，我有更重要的事情要汇报。”

“当然，一定是有关防止文物被盗吧。”

“不，那已经晚了。你们看，约定的时间已经过了。”

听明智这么一说，馆长、警视总监和刑事部长一起看向墙上的挂钟。

时针，已过四点。

“如此说来，这次平安无事吧，什么异常情况也没有发生啊。”

“对，预告信说下午四点，那家伙果然食言，不敢来了。”刑事部长马上大声附和。

“不，二十面相没有食言，博物馆内的所有国宝已经不翼而飞了。”明智一脸凝重。

偷梁换柱

“什么？你胡说什么？文物不是都在吗！我刚才还亲自视察了各个展厅。博物馆的院墙内外，有我警视厅的五十名警官严加防范。训练有素的警官们不可能是睁眼瞎吧？”警视总监狠狠地瞪了明智一眼，怒不可遏。

“但事实上，所有国宝都被盗走了。二十面相再次施展了魔法。不信的话我们一起去检查一下。”明智心平气和。

“哼，你说文物都被盗走了？好吧，我们就一起去检查。馆长，我们去看看就全明白了。”警视总监怎么也不相信明智的话。

“北小路馆长，您也一起去吧。”明智面带微笑，轻声催促。

于是，四个人一起离开馆长办公室，走进展厅。明智搀扶着老态龙钟的馆长走在前面，警视总监和刑事部长跟在后面。

“明智君，你是在说梦话吧？你看，国宝不都安然无恙吗？”一走进展厅，刑事部长就大声嚷嚷。

果然，玻璃展示柜里，国宝一件也不少。

“您是说这些？”明智指着装有佛像的展示柜，意味深长地回头望了一眼刑事部长，转过身对守卫在展厅门口的保安人员说，“请把这个展示柜打开。”

保安人员虽不认识明智，可一眼瞥见他身边的馆长和警视总监，便按照吩咐打开了巨大的玻璃门。明智一步跨进展示柜里，走到其中一尊佛像前，冷不防把佛像的手臂硬生生掰了下来。他的动作太快了，同来的三人根本来不及阻止，只能呆立当场。明智又把柜内另外五尊佛像拆了个七零八落。转眼间，一地碎屑。

“快住手！”

“明智君……”

警视总监怒不可遏，刑事部长呆若木鸡，明智对此无动于衷，若无其事地走出展示柜，握住北小路馆长的手，脸上依然堆满笑容。

“喂，明智君，这到底是怎么回事？胡闹也要有个限度啊！要知道这些东西都是国宝啊！”万分焦急的刑事部长终于回过神来，挥舞着拳头朝明智扑去。

“哈哈哈……您说这是国宝？您的眼睛究竟长在哪里啦？请好好看一下，只要仔细调查一下这些断面就什么都明白了。”

明智充满自信的口吻，在一定程度上安抚了刑事部长。他走到佛像跟前，歪着脑袋打量那些断口。表层黑而陈旧，但里面却是浅色的木料。奈良时代的木雕不可能使用这么新的木料。

“照你这么说，佛像是假的？”

“是的。如果你们有相应的鉴赏能力，我也就不需要这么大费周章了。这些佛像都是用新木料仿造的，外表又涂了一层仿古生漆。只要请来专门制作仿古工艺品的雕刻师，便可一眼识破。”明智解释道。

“北小路先生，这到底是怎么回事？国立博物馆里的国宝，怎么都变成仿制的工艺品？”警视总监逼问老馆长。

“真想不到，完全出乎意料！”

被明智拉着手的博物馆长羞愧满面，狼狈不堪。

这时，听到这边的骚动，三名博物馆工作人员慌忙赶来。其中一位是文物鉴定专家，他朝东倒西歪的佛像看了一眼，立即察觉到了什么，惊叫起来：“怎么搞的？怎么都是些仿制品。昨天下午还都是真品呢，我亲自到展示柜里检查过，绝对不会搞错！”

“照你这么说，这些仿制品是今天出现的？真让人不可思议！这，到底是怎么回事？”

警视总监一脸的奇怪表情。他逐个端详周围的人，希望能从这些人的脸上找到答案。

“您还不明白吗？这博物馆里陈列的都是仿制品，也就是说，国宝全部被盗了。”明智一边说一边指着周围的展示柜。

“什么！你说什么？你是说……”刑事部长惊呼出声。

文物鉴定专家大概明白了明智的话，加快脚步走到隔壁展馆，凑近展示柜凝视片刻，忽然大叫起来：“馆长，馆长，这，这些，还有那些，所有这些都是假的！”

“再检查一下其他的，快，快！”还没等刑事部长下令，三个工作人员早已开始手忙脚乱地逐个调查剩下的展厅。

“假的！没有一个是真的，都是仿制品！”

再次报告的时候，已经不是三个人，而是一大群博物馆的工作人员，各个面红耳赤，气急败坏。

“楼下展厅里也都是仿制品。可是……馆长，这是在太不可思议了！每个展厅的负责人都可以保证，直到昨天下午检查的时候还全都是真品，一夜之间，所有国宝居然都成了仿制品，这简直是魔术，不，是魔法！”

“明智君，没想到我们又上了二十面相的当！”警视总监一脸沉重。

“是的。国立博物馆被二十面相洗劫一空。就像我刚才说的，这里已经没有一件国宝。”

在场的所有人里，只有明智毫不慌乱，甚至还有些许笑意。

揭开谜底

“怎么可能，一夜之间，所有这些国宝都被换成了仿制品，这根本不是人力能够办到的。如果假装美术系学生来这里写生，然后照着仿制，或许也不是做不出来。可是要怎么调包，我实在想不明白。”博物馆的工作人员绞尽脑汁，一筹莫展。

“直到昨天晚上还都是真品吗？你们肯定吗？”

“肯定的，我们绝不会看错！”

“照这么说，二十面相一伙是昨天半夜潜入博物馆偷梁换柱的？”

“不，那根本不可能。正门、后门和围墙的四周有警官们彻夜站岗。馆长和三个值班工作人员也一直都没睡。可以说，博物馆的警戒无懈可击。二十面相一伙能突破如此严密的防线，简直不可思议！”

“的确难以想象……不过二十面相一直以来言出必行，从来没有耍过这种小聪明。如果事先做这种手脚，再预告十二月十日下午四点盗窃，岂不是毫无意义。”

“这也绝非没有意义。”明智似乎在为二十面相辩护。他从刚才起就一直拉着馆长的手，片刻不曾放开。

“哦？你说有意义？这话怎么说？”警视总监满脸疑惑。

“请看，”明智走到窗前，指着博物馆后的一大片空地，“所谓必须等到十二月十日，秘密就在这里。”

那里原本是与博物馆同时建造的用作工作人员宿舍的日式建筑，后来逐渐废弃了，从几天前开始拆除，现在已经差不多拆完了，只剩一堆堆瓦砾和旧木料。

“这跟二十面相有什么关系？”刑事部长一脸不解。

“您马上就会明白的。劳驾哪位转告楼下的中村警部，把今天中午把守后门的警官喊到这里来。”

明智这么一说，一位工作人员虽不明白什么意思，但还是跑下楼去，请来了中村警部和一位警官。

“中午是您把守后门吗？”明智抢先问道。

警官见警视总监在场，一个立正，毕恭毕敬地答道：“是的。”

“从今天上午十一点到下午一点左右，您是否见到一辆重型卡车从后门出去？”

“见过。您是指那辆装满旧木料的卡车吧？”

“是的。”

“是有这么一辆车通过。”

警官一脸茫然，不知道这里面有什么问题。

“大家明白了吧，这就是二十面相的魔法。车上装的就是被盗走的博物馆文物，旧木料只是伪装。”

明智环视众人，揭穿了二十面相的阴谋。

“照这么说，拆房队伍里混有二十面相的手下？”中村警部反问明智。

“是的。但不是混入，而是那支拆房队伍的几十个作业人员都是二十面相的手下。二十面相早就盯上了国立博物馆，只是没有机会。我记得是从十二月五日开始拆除的，工程开工的时间恐怕几个月前就已经确定了吧。他应该是从博物馆相关人员那里打听到了确切时间。十二月十日，是运出工地上所有旧木料、旧砖瓦的最后日期。预告信上的十二月十日，就是根据这个时间定的。还有下午四点这个时间，在此之前，所有的文物都已经运到了贼巢，就算我们发现了仿制品也已经来不及阻止他了。”

这计划真可谓天衣无缝。二十面相的魔法果然是常人难以企及的。

“不过，明智君，即便二十面相能运出全部国宝，可他们是怎么进入展厅的？又是怎么打开展示柜调包，而后把文物搬运到卡车上去的？”刑事部长还是不能完全相信。

“调包是从凌晨开始的。”明智仿佛对这一切一清二楚，“那些化装成拆房工人的二十面相手下，每天到这里来拆房时，就已经分期分批将仿制品运入博物馆内。字画卷成细筒，佛像拆解成若干部件，分别包装起来后，与各种工具一起运到博物馆内，根本不会引人注意。所有警卫人员的注意力都集中在防止藏品运出，从而忽视了仿制品运入这一环节。所有仿制品就藏在旧木料和砖瓦堆里，直到今天凌晨。”

“那么，又是谁把这些仿制品带进展厅调包的呢？拆房工人们昨天下午下班就都回去了吧，即便还剩几个，也根本进不去展厅啊。所有出入口都有警官把守，馆长和三名值班人员都整夜没有合眼。上上下下里里外外，到处有人巡逻。这些工人难道能避开如此众多的耳目，取走那么多的国宝？”在场的一位工作人员提出的疑问不无道理。

“这个嘛，二十面相实施了另一种魔法。昨晚值班的三人今天早晨都各自回家了吧？请你们打电话到他们家问一下，他们是否回去过。”

被明智这么一说，大家更摸不着头脑了。大家分别给三人的家里打电话，谁知都回答说从昨晚到现在一直没有回家，三位妻子都以为自己的丈夫在博物馆值班，不仅如此，今天也还要继续值班，所以都没有给博物馆打电话。

“这不是很奇怪吗？通宵巡逻之后他们应该很累了，不可能去别的地方，肯定想要早点回家休息，但是却一个都没有回家，”明智又看了大家一眼，继续往下说，“只有一种解释，这三人都被二十面相绑架了。”

“怎么，被绑架了？什么时候？”一位工作人员惊叫起来。

“昨天傍晚，三人离开自己家到博物馆值夜班的途中。”

“什么，什么，你说昨天傍晚？那，那昨天晚上巡逻的三个人……”

“都是化装过的二十面相的手下。这样一来，要调包文物简直易如反掌。各位，这就是二十面相的惯用手法，乍看之下匪夷所思，其实只是利用了常人思维的盲点。”

明智似乎是在夸赞二十面相了，但与此同时，他还是紧紧握着馆长的手。

“照这么说，那三个家伙都是二十面相的手下，我上当受骗了！上当受骗了！”老馆长痛心疾首，浑身抖个不停，似乎是被气坏了。可他为什么没能识破那三个家伙呢？难道二十面相的化装竟能如此以假乱真？

勇擒盗贼

“明智君,”警视总监听完明智的解释立即问道,“二十面相的计划和手法,你怎么知道得那么清楚?但这些也都是你的推测吧,你有什么确凿的证据吗?”

“这些都是我从二十面相的手下那里打听来的。”

“什么,二十面相的手下?在哪里?”警视总监简直不敢相信自己的耳朵。

“我是在二十面相的贼巢里遇见那个手下的。警视总监大人,想必您应该知道我被二十面相绑架的事吧?大家都是这么认为的,但事实上,那只是我设下的圈套。我根本没有遭到绑架，相反，我打入他们内部成了二十面相的手下，还帮助他们绑架了另外一个人。

“去年，我曾有一个很特别的访客，他说他想到我的事务所来工作。我一见那人就大吃一惊，他简直跟我一模一样。也就是说，无论什么场合，他都可以当我的替身。我秘密收下他当助手，妥善安置，这次果然立下了大功。

“那天，我先去他那儿，让他换上我的衣服，化装成我的模样，代替我回家；我则化装成流浪汉赤井寅三，随后赶到，寻衅滋事，还与我的替身大打出手。那个一直监视我家的二十面相的手下以为我所扮演的赤井与明智有深仇大恨，便拉我入伙。那天晚上我表现出色，协助他们绑架了我的替身。

“二十面相从不轻易相信新人，从入伙那天起，他便不让我外出，我只得待在贼巢里干点杂活。不用说，洗劫博物馆的计划自然是对我绝对保密的。

“直到今天，我决心外逃。下午两点，贼巢地下室的出入口打开了，身穿拆房作业服的二十面相的手下，络绎不绝地把贵重的艺术品搬进陈列室。我拿出准备好的酒菜，请他们一起痛饮，祝贺他们满载而归。那些家伙喝了没几杯就个个东倒西歪了——我事先在酒里掺入了麻醉剂。趁此机会，我逃出贼巢，去附近一家警署报了案，请警方将二十面相的手下一网打尽，并收缴了贼巢的全部赃物。

“这下大家可以放心了吧？被盗的所有国宝都完好无损，还有左门老人的那些字画也将完璧归赵。”

听完明智的解释，大家恍然大悟，大侦探果然名不虚传，兑现了自己当初许下的诺言，不但凭一己之力剿灭了贼巢，还追回了所有赃物。

“明智君，你真是好样的！我刚才说话太过分了，请接受我诚挚的歉意和谢意！”警视总监突然走到明智跟前，一把握住他的左手，深深鞠了一躬——明智的右手仍紧紧握着老馆长。

“这么说来，二十面相也已经落网了吧？你刚才尽说他手下的事，还没有说到他本人呢，那家伙也喝了掺有麻醉剂的酒了吧？”中村警部突然想到的这个问题让大家又紧张了起来。

“二十面相不在贼巢，可我已经把他抓住了。”明智笑容可掬。

“他在哪里？你是在什么地方抓住他的？”中村警部着急地问道。其他在场的人，包括警视总监在内，也都不约而同地把视线投向明智。

“就在这里啊。”明智从容不迫。

“在这里？哪儿呢？”

“就在这里呀！”

明智到底在说什么呀？

“喂，明智君，我是说二十面相！”中村警部略有不快。

“我说的也是二十面相啊。”明智爽朗地笑了。

“别开玩笑了，这里的人我都认识，哪有可疑的人哪？二十面相难道藏在我们中间？”

“没错。我来证明给您看。四位客人已经在楼下会客室等半天了，哪位去把他们喊上来吧。”明智又提出了莫名其妙的要求。

一名工作人员快步往楼下会客室跑去，不一会儿就传来了上楼的脚步声，四位“客人”同时出现在大家面前。

看到他们，在场的人异口同声惊叫起来。走在前面的白发老人不正是博物馆长北小路博士吗？还有跟在他后面的三位，不正是昨晚值班的三人吗？

“这四位是我从二十面相贼巢的地下室里救出来的。”明智解释道。

到底怎么回事？怎么会有两个北小路博士？一个刚从楼下上来，另一个被明智小五郎紧紧地握住右手。

“各位，你们明白了吧，这就是二十面相的拿手绝技，不管什么人他都能以假乱真。”

话音未落，明智已经把一直握着的老人的右手突然扭到身后，将他摁倒在地，左手将他头上的假发套、白色胡子和眼镜拽了下来。此时暴露在众目睽睽之下的，是一张年轻的脸。不用说，这就是二十面相的真面目。

“哈哈哈……二十面相君，辛苦你了！当着你的面，层层抖搂出你那见不得人的秘密，你还能一直装作若无其事，我真佩服你呀！当着这么多人的面又没有机会逃走。当然还有我的右手，比手铐还要厉害吧？怎么样，手腕麻了吧？没关系，我只是稍稍用了一点劲儿，请别见怪！”明智语带嘲讽，居高临下地俯视二十面相。

既然目的已经达到，化装成北小路博士的二十面相为什么没有尽快脱身呢？这就是二十面相，他总是留在作案现场，欣赏自己的杰作，想要亲眼看看警方的狼狈。

倘若明智没有出现，化装成馆长的他将会在四点整假装发现国宝被盗，然后与大家一起惊慌失措，从而证实二十面相言出必行。这很符合他嗜好冒险的行事风格，但这回却实在是弄巧成拙了。

明智转身面对警视总监鞠躬行礼：“阁下，我现在将二十面相交给您了。”

这戏剧性的结果让所有人瞠目结舌，一时反应不及，好在中村警部没有忘记随身带着的绳索，熟练地将二十面相双手反绑在身后。

“明智君，太感谢了！多亏有您帮助，终于将二十面相绳之以法了。”中村警部眼含热泪，激动不已，“那，我们就把二十面相带走了，警视厅的全体警官都在等着我们呢！我代表大家感谢您……站起来！二十面相，下楼去！”

中村警部牵着垂头丧气的二十面相朝楼下走去。

博物馆大门口，十多名警官严阵以待，一看到中村警部押着二十面相朝门口走来，争先恐后地拥了上去。

“各位，多亏明智大侦探的鼎力相助，终于抓住这家伙了。他就是二十面相！”

中村警部骄傲地宣布，警官们则报以热烈的掌声和欢呼。

大势已去的二十面相一脸颓丧，在警官们的包围下走出博物馆大门。大门两侧是参天大树，树下停着两辆警车。

“快去，让警车开到这里来！”

警官们已不再担心二十面相还会耍什么花招，中村警部也把视线投向了那辆警车。就在这一瞬间，二十面相咬紧牙关使出全身力气，猛然挣脱了中村警部手中的绳子。

“喂，站住！”

中村警部大喝，可二十面相已蹿出十多米，他保持双手反绑的怪异姿势，跌跌撞撞地向路边冲去。

前边有十多个小学生，似乎正在闲逛，听到中村警部的喊声都停下脚步看向这边。二十面相凶相毕露，企图吓跑这些小学生。实际上，他已经打定主意，如果他们不让开，就从他们中间硬闯过去。

二十面相又一次失算了，这十多个小学生非但没有让开，反而众志成城，手挽手肩并肩，组成了一道人墙封死了去路。

他们，正是以团长小林芳雄为首的少年侦探团。这些小侦探们一直在国立博物馆周围伺机行动。

小林一马当先，勇敢地迎上了去，羽柴壮二紧随其后，大家都奋不顾身地围了上去。双手反绑的二十面相被层层压倒在地，再也动弹不得。

“谢谢，谢谢你们！”

随后赶来的中村警部向少年们道谢，然后与部下一起，把二十面相团团围在当中，再也不给他任何机会。

发现骚乱的明智也赶到了。小林一眼认出了先生，又惊又喜，朝他跑去。

“你好，小林君。”明智满面笑容地打着招呼。

少年侦探们欢欣雀跃，一起高呼：

“明智大侦探万岁！”

“小林团长万岁！”

江户川乱步年谱

1894年　出生

本名平井太郎，10月21日出生于三重县名张市，为家中长子。父平井繁男，时任名贺郡官府书记员。母平井菊。

1897年　3岁

因父亲工作调动，举家搬迁至名古屋市。

1901年　7岁

4月，进入名古屋市白川寻常小学就读。

1903年　9岁

《大阪每日新闻》连载菊池幽芳的《秘密中的秘密》，母亲每晚都会念给他听，从此对侦探故事萌生了极大兴趣。

1905年　11岁

4月，进入市立第三高等小学。协助父亲采用胶版誊写版印刷和发行少年杂志。二年级时喜欢上了押川春浪的武侠冒险小说。

1907年　13岁

4月，升入爱知县立第五初级中学。读到黑岩泪香的《岩窟王》，印象特别深刻。

1908年　14岁

其父开设平井商店，主营进口机械的贸易销售，兼营外国保险代理和煤炭销售业务，并采购全套铅字，印刷和发行《中央少年》杂志。秋天，开始在学校附近租借宿舍，独立生活。

1910年　16岁

与要好同学坐船到中国的东北地区旅行。

1912年　18岁

3月，初中毕业。因喜欢出版事业，与同学到处奔走、筹备。6月，其父开设的平井商店破产倒闭。由于失去了学费来源，没有继续上高中。随父亲坐船到朝鲜马山，从事垦荒和测量工作。8月，只身赴东京勤工俭学，以优异成绩考入早稻田大学预备班，白天上学，晚上寄宿在东京都本乡汤岛天神町的云山印刷厂，逢休息日打工。12月，迁到春日町借宿，业余时间靠誊写挣钱。

1913年　19岁

春，与祖母在东京牛込喜久井町生活，重读黑岩泪香等著名作家写的侦探小说。曾计划印刷和发行《少年新闻报》。8月，预备班毕业，考入早稻田大学经济学专业学习。

1914年　20岁

春，与同学创办《白虹》杂志，利用业余时间阅读爱伦·坡、柯南·道尔等英国作家的短篇侦探小说。为了阅读侦探小说，辗转于各大图书馆，所做的笔记装订成册，称为《奇谈》。

1915年　21岁

其父回国供职于某保险公司，在牛込与全家一起生活。继续阅读外国侦探小说，并悉心研究“暗号通讯文书”的由来、规则和特点。

1916年　22岁

8月，毕业于早稻田大学经济学专业，入职大阪府贸易商加藤洋行。

1917年　23岁

5月，从加藤洋行辞职，在伊东温泉开始阅读谷崎润一郎的作品《金色之死》，执笔撰写电影评论文章。11月，入职三重县鸟羽造船厂电机部，参与内部杂志《日和》的编辑。

1918年　24岁

4月，其父再赴朝鲜工作。与鸟羽造船厂的同事组织“鸟羽故事会”，在各剧场、小学巡回。冬，在坂手村小学结识村上隆子。

1919年　25岁

辞职到东京。2月，与两个弟弟在东京本乡驹込町经营一家旧书店“三人书房”。7月，在书店二层编辑《东京PACK》杂志。11月，开设中华面馆。同年，与村上隆子成婚。

1920年　26岁

2月，入职东京市政府社会局。10月，关闭旧书店，入职大阪时事新报社，担任记者，经常与井上胜喜谈论侦探小说，开始撰写《二钱铜币》。

1921年　27岁

3月，长子平井隆太郎诞生。4月，在东京担任日本工人俱乐部书记。

1922年　28岁

8月，辞职后回到大阪府外守口町的父亲家，与父亲一起生活。9月，《二钱铜币》《一张收据》完稿，正式向某杂志社投稿，但未被采用。不久，改投《新青年》杂志，经审定采用。12月，入职大桥律师事务所。

1923年　29岁

4月，《二钱铜币》在《新青年》刊载，小酒井不木博士长文推荐。7月，《一张收据》在《新青年》刊载，辞去大桥律师事务所工作，入职大阪每日新闻社广告部。

1924年　30岁

4月，关东大地震，全家迁回大阪。7月，在《新青年》发表《二废人》。10月，在《新青年》发表《双生儿》。11月底，离开大阪每日新闻社，成为职业作家。

1925年　31岁

1月，在《新青年》增刊发表《D坂杀人事件》，名侦探明智小五郎首次登场。到名古屋拜访小酒井不木。之后，到东京拜访森下雨村，结识《新青年》派作家。2月，在《新青年》发表《心理测验》。3月，在《新青年》发表《黑手组》。4月，在《新青年》发表《红色房间》，与春日野绿、西田政治、横沟正史等作家发起创建“侦探兴趣协会”。5月，在《新青年》发表《幽灵》。7月，在《新青年》发表《白日梦》《戒指》。8月，在《新青年》增刊发表《天花板上的散步者》。9

月，在《新青年》发表《一人两角》，在《苦乐》发表《人间椅子》；其父逝世。10月，成立“新兴大众文艺作家协会”。

1926年　32岁

发表侦探小说《噩梦塔》(直译名《幽鬼之塔》)等多篇作品。12月，在《朝日新闻》上连载《畸心人》(直译名《侏儒法师》)。

1927年　33岁

3月，停笔，与妻平井隆子开设“宿舍租借有限公司”。不久，独自外出旅行，到日本海沿岸、千叶县沿岸等地；10月，到京都、名古屋等地；11月，与小酒井不木、国枝史郎、长谷川伸和土师清二等人创建大众文艺民间合作组织“耽绮社”。

1928年　34岁

3月，出售早稻田大学附近的宿舍。4月，买下东京户塚町源兵卫一七九号的房屋。同年，发表《丑角师》(直译名《地狱丑角师》)。

1929年　35岁

1月，在《新青年》发表《噩梦》。6月，发表处女随笔《恶魔王》(直译名《恐怖的魔王》)。8月，在《讲谈俱乐部》连载《蜘蛛男》。

1930年　36岁

5月，改造社出版《孤岛之鬼》。7月，在《讲谈俱乐部》连载《魔术师》。9月，在《国王》连载《黄金假面》。10月，讲谈社出版《蜘蛛男》。

1931年　37岁

5月，平凡社出版《江户川乱步选集》13卷。同年，出版《迷重重》(直译名《钟塔的秘密》)、《暗黑星》和《邪与恶》(直译名《影男》)。

1932年　38岁

3月，停笔，带全家外出旅游，先后到过京都、奈良、近江等地。

1933年　39岁

1月，加入大槻宪二创建的“精神分析研究会”，每月出席例会，并为该会《精神分析杂志》撰稿。4月，长子平井隆太郎升入大阪府立第五初中学校。同年，好友山本直一辞去博物馆工作，担任江户川乱步的助手。12月，在《国王》连载《红蝎子》(直译名《红妖虫》)。

1934年　40岁

发表《恐吓信》(直译名《魔术师》)、《黑天使》和《不归路》(直译名《死亡十字路》)。

1935年　41岁

1月，平凡社陆续出版《江户川乱步杰作选》12卷。6月，春秋社出版《人间豹》。9月，编写《日本侦探小说杰作集》，由春秋社出版，并发表长篇评论文章。

1936年　42岁

1月，在《讲谈俱乐部》连载《绿衣人》；在《少年俱乐部》连载《怪盗二十面相》。5月，春秋社出版评论集《鬼的话》。12月，讲谈社出版《怪盗二十面相》。

1937年　43岁

1月，在《讲谈俱乐部》连载《噩梦塔》(直译名《幽鬼之塔》)，在《少年俱乐部》连载《少年侦探团》。战争爆发后，政府当局对于出版物的审查越来越严格，江户川乱步的所有小说被禁止出版发行，不得不停止撰写侦探小说。为了生活，江户川乱步借用别名为少年儿童撰写探险小说。后来，当局只允许江户川乱步撰写防谍反特小说，在杂志和报纸决定连载前，必须经过外交部、内务部、警视厅和宪兵机构的联合审查，达成一致意见后方可使用江户川乱步的名字刊登。由于公开抗议，被勒令停止写作，结果只写了一部小说。

1938年　44岁

1月，在《少年俱乐部》连载《妖怪博士》。3月，讲坛社出版《少年侦探团》。4月，新潮社出版《噩梦塔》。9月，新潮社出版《江户川乱步选集》10卷。

1939年　45岁

1月，在《讲谈俱乐部》连载《暗黑星》，在《少年俱乐部》连载《蒙面人》。2月，讲谈社出版《妖怪博士》。

1940年　46岁

2月，讲谈社出版《蒙面人》。7月，因心脏不适住院治疗。10月，与同人创立“大政翼赞会”。

1941年　47岁

7月，非凡阁出版《噩梦塔》。12月，任东京池袋丸山町防空会长。

1942年　48岁

任东京池袋北町会副会长，以“小松龙之介”的笔名连载《聪明的太郎》。

1943年　49岁

与著名作家井上良夫书信往来，交流对欧美侦探小说的看法。8月，开始连载科幻小说《伟大的梦》。11月，东京大学文学部在读的长子平井隆太郎被征召入伍，为其举行送别会。

1944年　50岁

出任行政监察随员助手，后在町会领导下开设军需品加工厂生产皮革制品。

1945年　51岁

4月，家属被疏散到福岛，自己则只身留在东京池袋，继续担任町会副会长。6月，因病被疏散到福岛。8月，在病床上听到裕仁天皇宣布无条件投降，平井隆太郎从土浦飞行队退役。11月，举家迁回池袋。

1946年　52岁

6月，倡议成立“侦探小说星期六研讨会”，每月开一次例会。

1947年　53岁

6月，“侦探小说星期六研讨会”更名“侦探作家俱乐部”，被选举为第一届主席。11月，到关西等地演讲，普及和推广侦探小说。没有新作问世，但旧作再版达31部。

1949年　55岁

1月，在《少年》连载《青铜怪人》。6月，再度当选侦探作家俱乐部会长。11月，光文社出版《青铜怪人》。

1950年　56岁

1月，在《少年》连载《虎牙》。3月，在《报知新闻》连载《断崖》，为战后首部短篇侦探小说。12月，光文社出版《虎牙》。

1951年　57岁

1月，在《趣味俱乐部》连载《恐怖的三角馆》，在《少年》连载《透明怪人》。5月，岩谷书店出版评论集《幻影城》。12月，光文社出版《透明怪人》。

1952年　58岁

1月，在《少年》连载《怪盗四十面相》。3月，评论集《幻影城》荣获侦探作家俱乐部授予的“第五届优秀侦探小说勋章”。7月，辞去侦探作家俱乐部会长一职，任名誉会长。12月，光文社出版《怪盗四十面相》。

1953年　59岁

1月，在《少年》连载《宇宙怪人》。12月，光文社出版《宇宙怪人》。

1954年　60岁

1月，在《少年》连载《塔上魔术师》。10月，日本侦探作家俱乐部、东京作家俱乐部和捕物作家俱乐部联合主办“江户川乱步六十大寿庆典”，会上正式设立“江户川乱步奖”。《别册宝石》第四十二期杂志作为

“江户川乱步六十周岁纪念特刊”，《侦探俱乐部》十二月号杂志也作为“乱步花甲纪念特刊”。著名作家中岛河太郎编纂和发行《江户川乱步花甲纪念文集》。11月，映阳堂出版《江户川乱步选集》10卷。12月，光文社出版《塔上魔术师》。

1955年　61岁

1月，在《趣味俱乐部》连载《影男》，在《少年》连载《海底魔术师》，在《少年俱乐部》连载《灰色巨人》。5月，举行首届“江户川乱步奖”颁奖仪式。11月，在三重县名张市举行“江户川乱步诞生地”树碑庆贺仪式。12月，光文社出版《海底魔术师》《灰色巨人》。

1956年　62岁

1月，在《少年》上连载《魔法博士》，在《少年俱乐部》上连载《黄金豹》。1月24日，“日本翻译家研究会”成立，出任研究会顾问。2月，出任“日本文艺家协会语言表述问题专业委员会”委员。4月，发表《英文翻译侦探小说短篇集》。8月，接任《宝石》杂志主编。11月，光文社出版《马戏团里的怪人》《魔法人偶》。

1957年　63岁

1月，在《少年》连载《夜光人》，在《少年俱乐部》连载《奇面城的秘密》，在《少女俱乐部》连载《塔上魔术师》。12月，光文社出版《夜光人》《奇面城的秘密》《塔上魔术师》。

1959年　65岁

1月，在《少年》连载《假面具背后的恐怖王》。11月，桃源社出版《欺诈师与空气男》，光文社出版《假面具背后的恐怖王》。

1960年　66岁

1月，在《少年》连载《带电人M》。4月，出任东都书房《日本侦探推理小说大集成》编辑委员。

1961年　67岁

4月，成为文艺家协会名誉会员。7月，出席“江户川乱步从事侦探小说创作四十周年庆典”，桃源社出版《侦探小说四十年》。10月，桃源社出版《江户川乱步全集》18卷。11月3日，荣获日本政府颁发的“紫绶褒勋章”。

1963年　69岁

1月，“日本侦探作家俱乐部”升格为社团法人“日本推理作家协会”，被一致推选为第一届理事长。8月，再次当选，坚辞不受，亲自提名松本清张接任第二届理事长。

1965年　71岁

7月28日，突发脑出血逝世，戒名智胜院幻城乱步居士。获赠正五位勋三等瑞宝章。8月1日，在青山葬仪所举行日本推理作家协会葬，墓所位于多摩灵园。

译后记

我1981年8月考入宝钢翻译科从事翻译工作，1982年初开始从事日本文学翻译，1983年2月首次发表日本文学译作。四十余年来，我一直致力于中日民间文化交流，尤其是翻译了日本推理文学鼻祖江户川乱步的作品全集，由衷地感到欣慰和满足。

《江户川乱步全集》共46册，数百万言，历经数个寒暑才翻译完成。回首往事，第一天坐在桌案前写下第一行译文的情景仍历历在目。为了解江户川乱步的创作思想、创作背景和准确把握作品的神韵，除反复阅读其所有小说作品外，我还遍览《侦探推理文学四十年》《乱步公开的隐私》《幻影城主》《奇特的立意》和《海外侦探推理文学作家和作品》等乱步的随笔和评论集。并专程去了坐落在东京丰岛区池袋的江户川乱步故居考察，到日本国家图书馆查阅了有关江户川乱步的许多资料。

为了让更多的人了解江户川乱步，我在《新民晚报》先后发表了《江户川乱步，日本侦探推理文学的先驱》《日本的福尔摩斯》《江户川乱步的起步》《徜徉少年大侦探系列》《徜徉青年大侦探系列》，接受了腾讯视频、东方电视台、《上海翻译家报》、沪江网、日语界以及日本青森电视台、《东粤日报》、《朝日新闻》、《产经新闻》、《中日新闻》的相关采访。

鲁迅说："伟大的成绩和辛勤劳动是成正比的，有一分劳动就有一分收获。日积月累，从少到多，奇迹就可以创造出来。"我历经数年辛劳翻译的这版《江户川乱步全集》，2004年4月被乱步故里日本名张市政府收藏，2020年10月又被日本驻上海总领事馆收藏，并荣获国际亚太地区出版联合会

APPA翻译金奖，其中的“少年侦探团系列”荣获国家新闻出版总署优秀少儿图书三等奖。

江户川乱步可以说是日本推理文学的代名词，江户川乱步奖是推动日本推理文学作家辈出的巨大动力，《江户川乱步全集》是世界侦探推理文学的瑰宝。希望通过这套《江户川乱步全集》，可以让更多的读者共同享受推理文学的乐趣。

2021年元旦于上海虹桥东华美寓所